NOTICE

SUR

LE PLESSIER-ROZAINVILLERS

PAR

L'Abbé A. MARCHAND

CURÉ D'AIRAINES

ABBEVILLE

Imprimerie du « Cabinet historique de l'Artois et de la Picardie »

—

1889

NOTICE

SUR

LE PLESSIER-ROZAINVILLERS

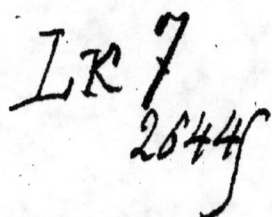

NOTICE

SUR

LE PLESSIER-ROZAINVILLERS

PAR

L'Abbé A. MARCHAND

Curé d'Airaines

ABBEVILLE

Imprimerie du « Cabinet historique de l'Artois et de la Picardie »

—

1889

> « Il n'est pas une ville, pas un village, pas un hameau
> qui n'ait son passé et qui ne puisse par conséquent
> apporter sa pierre au vaste édifice de notre histoire
> nationale. »
>
> (RENÉ DE BELLEVAD. — *Lettres sur*
> *le Ponthieu*)

Si j'entreprends cette Monographie du Plessier-Rozainvillers, ce n'est pas que je sois sollicité par le rôle important que ce pays ait joué dans le passé, ou pour sauver de l'oubli quelques faits notoires dont il aurait été le théâtre et que l'histoire aurait intérêt à conserver.

Rien de tout cela. A ce village ne se rattachent guère, en effet; de ces souvenirs qui ont le privilège d'exciter la curiosité de ceux qui aiment connaître le passé pour l'étudier.

Les légions romaines qui ont passé près de là ne paraissent pas être venues asseoir leurs camps sur son territoire qui, du reste, n'est sillonné par aucune voie qui porte leur nom.

On n'y voit pas les tours en ruines de quelque vieux château féodal, ou les arceaux dépouillés de quelque monastère ancien, dévasté et profané par les révolutions. Non pas que le Plessier n'ait eu sa demeure seigneuriale, et, à quelques pas, sinon son abbaye, du moins un important prieuré. Mais, de toutes ces choses, il ne reste plus qu'un souvenir qui tend chaque jour à s'effacer, comme la place qu'ils ont occupée.

On demanderait en vain aux habitants les débris de quelques urnes cinéraires ou de quelques fioles lacrymatoires, témoins funèbres de quelque grande douleur enfouie avec les restes mortels de personnages illustres et regrettés. Car le laboureur, en traçant son sillon, n'a point été jusqu'ici arrêté par les pierres tombales de cimetières inconnus qui ont le privilège d'exciter les études et les discussions des savants. Le soc de sa charrue n'a point mis à découvert les restes informes de vieux casques d'airain, ni le fer rongé de lances rouillées, témoins décrépits de luttes antiques et sanglantes enfouis dans la terre après la bataille.

Rien de toutes ces choses ne viendra rehausser mon travail en lui donnant de l'attrait. Non pas sans doute que je veuille prétendre que le Plessier n'ait eu son histoire. Elle existe pour lui comme elle existe pour tout individu, plus ou moins importante, plus ou moins intéressante, j'y consens, pour ceux qui lui sont étrangers, mais toujours pleine d'attraits cependant pour ceux qu'elle concerne.

C'est à ce titre que cette histoire, si modeste, si obscure même qu'elle puisse être, m'intéresse et pique ma curiosité.

Si j'entreprends donc cette monographie, c'est

moins par l'espoir de retracer des choses grandes et merveilleuses, que sollicité par le désir de perpétuer les souvenirs encore vivants d'un passé qui fut modeste, et de ne pas laisser périr la mémoire de certains faits contemporains que j'ai recueillis. Quoique bien humble, le but que je veux atteindre ne sera donc pas complètement dépouillé de charme, ni dépourvu d'utilité; c'est cette pensée qui m'a soutenu au milieu des difficultés que j'ai eu à surmonter pour mener mon travail à bonne fin.

Qu'il me soit permis d'offrir ici toute ma reconnaissance à l'obligeant et infatigable bibliothécaire d'Abbeville, l'érudit directeur du *Cabinet historique de l'Artois et de la Picardie*, pour les encouragements qu'il n'a cessé de me donner, et surtout pour l'offre généreuse qu'il n'a pas hésité à me faire de notes patiemment recueillies et qu'on retrouvera dans le cours de ce récit.

Que M. Alcius Ledieu accepte donc cette juste et bien légitime reconnaissance avec la même simplicité et le même plaisir que j'apporte à la lui offrir.

A. MARCHAND.

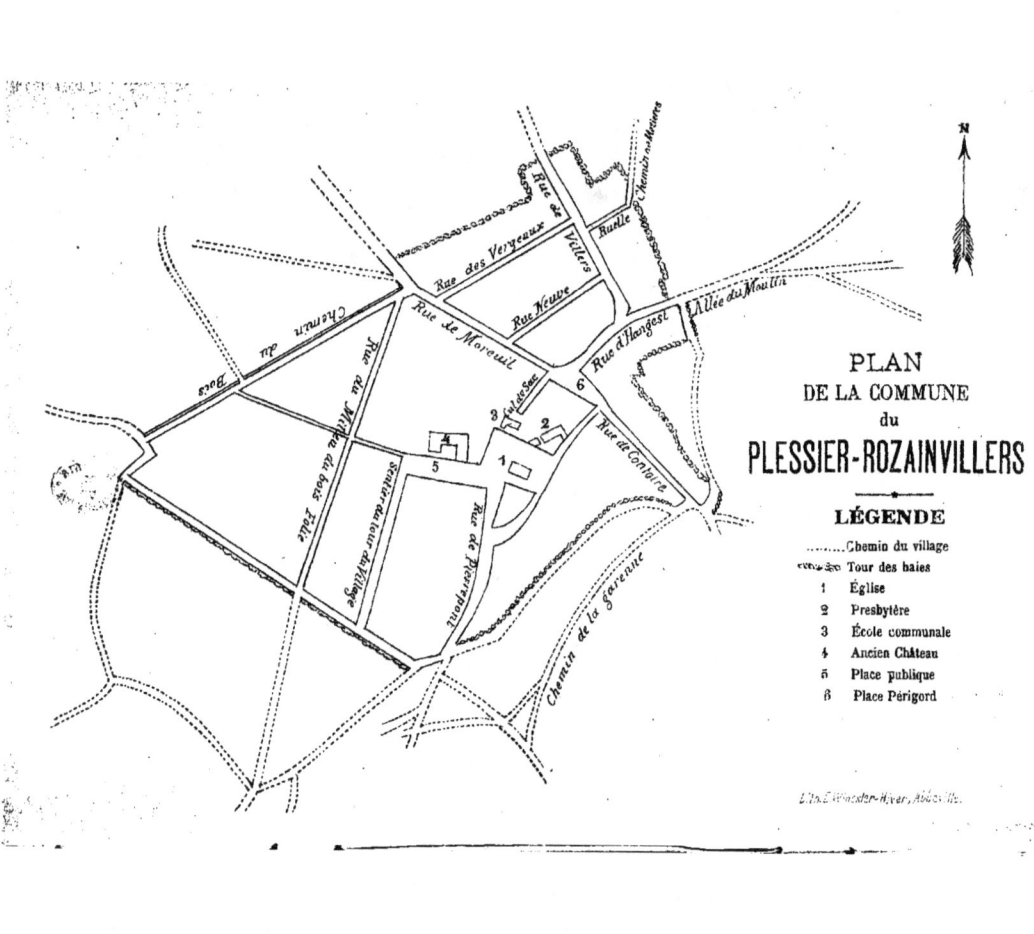

PLAN
DE LA COMMUNE
du
PLESSIER-ROZAINVILLERS

LÉGENDE

.... Chemin du village
Tour des haies
1   Église
2   Presbytère
3   École communale
4   Ancien Château
5   Place publique
6   Place Périgord

Lith. E. Wincester-Hiver, Abbeville.

CHAPITRE I

LE PLESSIER-ROZAINVILLERS. — SA SITUATION. — SON ÉTYMOLOGIE. — SA FORMATION. — ROZAINVILLERS. — SAINT-AUBIN. — SA POPULATION.

Plessier-Rozainvillers, ou mieux peut-être, le Plessier-Rozainvillers, est un village du département de la Somme, assez gracieusement assis sur une petite hauteur où prend naissance la belle et fertile plaine du Santerre. Six kilomètres le séparent de Moreuil, son chef-lieu de canton ; il faut en parcourir treize pour se rendre à Montdidier, de l'arrondissement duquel il ressort, et Amiens, son chef-lieu départemental, en est distant de vingt-six.

Quoique assez gaie, sa situation n'offre cependant rien de bien remarquable ; aucun cours d'eau ne lui prête le mirage de ses ondes ni la poésie de ses fraîches rives ; des montagnes aux flancs arides ou couverts de bouquets fleuris, aux crêtes bizarrement découpées, n'élargissent pas son horizon en le divisant.

Au nord et à l'est, l'immense plaine du Santerre, champ vaste et monotone, que le regard du cultivateur embrasse avec complaisance à cause de sa fertilité (*sana terra*), mais que le touriste parcourrait sans intérêt si à ce sol ne se rattachaient, selon la tradition, quelques légendes lugubres, drames sanglants qui, suivant une autre étymologie, lui auraient donné son nom, Santerre (sang en terre, *sanguis in terrâ*).

A l'ouest et au midi, sur de légers coteaux, qu'aux beaux jours ils couronnent d'un vert feuillage, quelques bouquets de bois frappent agréablement les regards du voyageur arrivant de Moreuil, de la Neuville-sire-Bernard ou de Pierrepont.

Ces bosquets, dont le nombre diminue chaque jour, sont les derniers vestiges des 225 journaux de bois qui formaient autrefois comme une ceinture verdoyante autour de ce pays et lui auraient donné son nom.

Le mot Plessier, ou Plessis, comme on l'appelait encore autrefois, vient en effet du bas latin *Plessiacum*, *Plesseium*, qui veut dire parc entouré de haies vives, bois, taillis, sentiers de bois. (L'abbé J. Corblet, *Glossaire picard*, p. 518. — Le P. Daire, *Histoire du Doyenné de Fouilloy*, MS.)

Rozainvillers ou Rosainvillers (car nous trouvons ces deux manières d'orthographier ce nom, quoique la première soit plus usitée), est généralement adjoint au mot Plessier pour composer le nom de ce village et le distinguer d'autres Plessier.

ROZAINVILLERS

Ce nom est, suppose-t-on généralement, celui d'un hameau, ou plutôt d'une villa qui aurait existé à l'est du Plessier, à l'endroit où se trouve aujourd'hui le cimetière, qui est appelé encore par les habitants « Rozainvillers ».

A notre avis cependant, il faudrait chercher de préférence la place de cette villa à quelques centaines de mètres au midi de ce cimetière; car Rozainvillers, qui a disparu depuis plus de deux siècles, n'a pour ainsi dire pas laissé vestige de son existence.

D'un côté, les fossoyeurs que j'ai vus à l'œuvre depuis dix ans et que j'ai consultés, n'ont jamais rien découvert qui pût faire soupçonner, sur son emplacement, l'existence d'une villa, si ce n'est peut-être quelques moellons, entièrement étrangers au sol, derniers débris alors de fondations mille fois retournées pour le besoin des sépultures.

On m'assure d'un autre côté que, dans un champ qui se trouve actuellement (1875) en possession d'un sieur Morelle Jean-Marcel, on découvre par hasard, avec la charrue, des restes de fondations, et récemment deux pièces de monnaies romaines en cuivre, dont l'une, parfaitement conservée, est de Constantin Pogonat, et l'autre, d'un plus grand module, est de Posthumius, ont été retrouvées dans ce champ.

Mais d'où vient ce mot Rozainvillers ? Quelle est son étymologie ?

C'est une question que je n'ai pas la prétention de trancher. Je me contente de citer divers sentiments probables et je laisse chacun libre d'accepter celui qui lui sourira davantage.

Le mot Rozainvillers, rappelle-t-il le nom du propriétaire de cette villa, comme nous le voyons pour d'autres villas, *Rosii-Villa*, par exemple ? Rien ne s'oppose à cette opinion.

Toutefois, je ne m'arrêterai pas à l'étymologie signalée par le P. Daire, dans son histoire du doyenné de Fouilloy, *Radulphi-Vetuli;* elle me paraît trop extraordinaire.

Ce nom ne se rattacherait-il pas plutôt au poétique souvenir des rosières dont la mémoire n'est pas étrangère au sol picard ? C'est le sentiment que paraît assez porté à admettre M. Dusevel dans *ses Lettres sur le département de la Somme,* p. 240 :

C'est au Plessier, dit-il, qu'anciennement

On célébrait une fête annuelle
Où du *baiser* on disputait le prix.
On choisissait des belles la plus belle,

Jeune toujours et n'ayant point d'amant ;
Devant l'autel sa main prêtait serment,
Puis, sous un dais de myrte et de feuillage,
Des combattants elle animait l'ardeur,
Et dans ses doigts elle tenait la fleur
Qui du succès devait être le gage.
Tous les rivaux, inquiets et jaloux,
Formaient des vœux, arrivaient à la file ;
Devant leur juge, ils ployaient les genoux,
Et chacun d'eux sur sa bouche docile,
De ses baisers imprimait le plus doux.
Heureux celui dont la lèvre brûlante
Plus mollement avait su se poser ;
Heureux celui dont le simple baiser
Du tendre juge avait fait une amante !

Il épousait l'aimable *Rosière,* et la commune les *dotait*
et les *festoyait* grandement. Le prix était ordinairement
une rose d'où est venu le surnom de Rozainvillers.

Il y a sans doute dans ces vers plus d'imagination
que d'histoire ; l'auteur oublie de nous faire connaître
celui qui les a signés, ou du moins l'ouvrage d'où ils
sont tirés. Ce n'est pas la première fois, du reste, que
M. Dusevel est accusé de se livrer parfois aux fantaisies
de *la folle du logis,* ainsi que le lui a reproché
M. V. de Beauvillé (1).

Enfin ce nom ne se rattachait-il pas à quelque confi-
guration ou produit du sol, comme cela se voit encore
pour certains pays ?

Ce nom ne ferait-il pas allusion, par exemple, aux
bouquets d'églantiers, à quelques parterres de roses
qui auraient environné la villa, comme Villers-aux-
Érables, à peu de distance de là, rappelle les Érables
que son sol produisait alors ? Dans ce cas, Rozainvillers
viendrait de *Rosarum Villa,* la Villa des roses. Titre
gracieux sans doute et qui peut avoir sa probabilité en
même temps que son parfum, mais qui paraîtrait
cependant un peu prétentieux au touriste qui cherche-

1. *Histoire de Montdidier,* 2e édit., t. II, p. 146.

rait en vain de nos jours ces odorants bouquets de roses qui, autrefois, auraient charmé de leurs brillantes couleurs, en même temps qu'embaumé de leurs parfums, les heureux habitants de la Villa fleurie.

Car, de tant de beautés, il ne reste plus, ainsi que nous l'avons dit, que le champ funèbre où règne la mort et qui rappelle, hélas ! avec trop d'éloquence aux habitants du Plessier, que la vie la plus belle est semblable à ces fleurs éphémères que le matin voit éclore et que le soir voit se flétrir.

D'après une tradition recueillie au Plessier, tradition qui paraît jouir d'une certaine autorité, ce village aurait été fondé par une petite colonie de vignerons qui se seraient établis dans le quartier de la Hérelle, primitivement rue des Vignes.

Il y a encore une partie du terroir dont les coteaux, sur la route de la Neuville, exposés au soleil du Midi, s'appellent les *Vingnes*, — en français les Vignes.

Quoi qu'il en soit, le Plessier qui, dans le principe, n'aurait été qu'un hameau composé de quelques métairies entourées de bois, se serait plus tard augmenté de Rozainvillers, à la suite de guerres ou d'incendies, comme il arrivait assez fréquemment à cette époque.

En 1647, on ne comptait encore que vingt-quatre feux au Plessier, ainsi qu'on le voit dans une déclaration des villes champêtres qui eut lieu après le décès de Philippe le Bon, à Bruges, le 15 juin de cette année (1).

Beaucoup plus tard, ce village se serait accru des habitants de Saint-Aubin.

SAINT-AUBIN

En effet, à l'ouest de ce pays, et au midi de la colline qu'il faut gravir pour arriver au Plessier lorsqu'on vient de Moreuil, le voyageur voit à sa droite un

---

1. V. de Beauvillé, *Histoire de Montdidier*, t. Ier, p. 539.

chemin assez large, recouvert d'un gazon verdoyant et ombragé d'arbres fruitiers ; c'est le chemin de Saint-Aubin ou de Saint-Albin-en-Harponval.

« Saint-Aubin, dit le bourgeois Scellier, de Montdidier, était autrefois une paroisse assez peuplée, mais qui, ayant été presqu'entièrement brûlée, fut abandonnée.

» En 1515, j'y ai encore vu quelques enclos entourés de murs de terre. Ce n'est plus à présent qu'une église dans une vallée, au pied et à un quart de lieue du Plessier et qui porte le nom de prieuré. »

Les anciens du pays se souviennent encore de cette église restée seule, pendant des années, debout sur le versant de la côte qu'il faut monter pour se rendre à Moreuil. Chaque année, le 1ᵉʳ mars, jour de la fête de saint Aubin, le clergé et les fidèles s'y rendaient processionnellement pour y chanter la messe ; des pays voisins venaient de nombreux pèlerins ; on voyait encore naguère, lorsque les moissons commençaient à verdir, les sentiers frayés par eux au milieu des terres.

Aujourd'hui, cette église, dont les réparations étaient négligées, a disparu à son tour, achetée et démolie par une société que l'on appelait *la Bande noire*. Les pierres du sanctuaire ont servi à bâtir les murs de quelque grange, sinon de bâtiments plus profanes encore. Il ne reste plus dans le champ où fut autrefois l'église de Saint-Aubin que quelques pierres délaissées, retournées avec indifférence par le laboureur, et dont il se sert aussi pour fixer les limites de son champ.

Les fonts baptismaux et une statue en pierre de saint Antoine provenant de cette église se trouvent dans celle de Mézières. Le Plessier n'a conservé que la pierre d'autel. Je me trompe ; il a conservé plus que cela, car, si l'église de Saint-Aubin a disparu, il n'en est pas de même du culte en l'honneur de ce saint. Pour le perpétuer dans la paroisse, un autel lui a été dédié dans l'un des bas-côtés de l'église du Plessier, et, chaque année, les habitants sont fidèles à honorer, le 1ᵉʳ mars, la mémoire de ce saint évêque. Des pèlerins, quoique le nombre en soit sensiblement diminué, viennent en ce jour invoquer ce bienheureux et faire réciter des évangiles en son honneur. Depuis peu de temps même, grâce à ce culte, l'église du Plessier possède plusieurs ossements pulvérisés de saint Aubin. Riches et d'autant plus précieuses reliques qu'il s'en trouve fort peu depuis la tourmente révolutionnaire. Le Plessier est redevable de ce pieux trésor aux religieuses Claristes d'Amiens, qui ont consenti à s'en dépouiller à la demande de M. l'abbé Morel, enfant du Plessier, mort vicaire général.

Le prieuré de Saint-Aubin, où Saint-Albin-en-Harponval, dépendait de l'abbaye de Breteuil. C'était autrefois une cure, dit le P. Daire. En effet, le 11 des kalendes de février 1105, saint Geoffroy, évêque d'Amiens, donne cet autel, le sanctuaire et toute la dîme aux moines de l'abbaye de Breteuil, de l'ordre de Saint-Benoît. Le prieuré fut fondé quelques années plus tard, en 1109, par les seigneurs de Plessier et de Roye, qui le dotèrent, dix ans après, à la prière de Guillaume, abbé de Breteuil, à qui ces seigneurs donnèrent ce bénéfice. (P. Daire, p. 34. — Louvet, *Histoire et Antiquités du Diocèse de Beauvais.* II, 120. — Invent. de l'évêché, f° 132).

« On estimait son revenu, dit Scellier, à 3,000 livres, et le titulaire, qui était seigneur en partie, n'était tenu qu'à deux messes par semaine. Ce n'était point trop pour un si beau morceau », ajoute malicieusement le chroniqueur montdidérien.

Revenu net, dit Darsy, 1,499 l. 2 s.

Au nombre des prieurs, nous trouvons, sous la date du 2 mai 1730, M. l'abbé Dincourt, d'Amiens, qui avait pour armes parlantes : *D'azur, au daim courant d'argent.* M. Goze dit : *De gueules, au daim d'argent.*

Le dernier prieur fut très probablement messire de Mésange. Voici, en effet, ce que nous lisons dans les Mss. du chroniqueur de Montdidier :

« Messire de Mésange, écuyer du sieur de Château-

Gontier, ci-devant grand vicaire de l'évêque de Séez, et, depuis 1755, secrétaire de Mgr de Saint-Aldegonde, aumônier du roy et abbé de N.-D. de Breteuil, obtint, en 1761, dudit Saint-Aldegonde, le prieuré de Saint-Aubin-en-Harponval, l'un des bénéfices qui sont à sa collation. »

En 1749, le prieur de Saint-Albin possédait sur le terroir du Plessier 150 journaux, dîmes, censives et bois, affermés 600 setiers de blé, 330 livres d'argent, le tout estimé 1,730 livres.

Ainsi formé de l'adjonction successive de Rozainvillers et de Saint-Aubin, le Plessier est un village qui compte au moment où j'écris, en 1865, 252 maisons et 850 habitants environ, dont 300 électeurs.

En 1739, il comptait 146 feux et 150 en 1756.

Comme on le voit, le nombre des maisons a augmenté dans des proportions assez considérables.

D'après le P. Daire, il y avait 580 habitants au Plessier au siècle dernier, mais D. Grenier n'en comptait que 412. En 1806, la population était de 788 habitants; en 1826, de 784; en 1836, de 851; en 1852, de 882; en 1872, de 841; en 1881, de 778.

Le *Dictionnaire universel de la France* de Saugrain et de l'abbé des Thuileries (1726, 3 vol. in-fol.), ne contient que quatre lignes sur le Plessier, dont le nom est tronqué et mal orthographié, puisqu'il est écrit Plaisier-Rozain. A ce propos, le *Journal de Verdun*, du mois de novembre 1753, pp. 365-366, relève cette inexactitude et donne sur le Plessier la notice suivante dans le but de la faire utiliser pour une nouvelle édition de l'ouvrage de Saugrain :

« Le Plessier-Rosainvilliers dans la Picardie, diocèse d'Amiens, parlement de Paris, intendance d'Amiens, élection de Montdidier. Ce village est éloigné de cette dernière ville d'environ trois lieues vers le Nord-Est; son étymologie est commune à tous les lieux appelés Plessier ou Plessis, *Plesitium*, lieu formé de cloyes, et le Villier ou hameau dans lequel était cette clôture appartenait à un nommé Rosain. La cure du titre de Saint-Martin est à la nomination du chapitre d'Amiens. L'église est grande et élevée, principalement le chœur. La nef vient d'être rebâtie avec des bas-côtés. Le peuple y est fort honnête et plein de religion, aussi sont-ils nommés dans les pays environnants : *Les dévots de Rosainvilliers.* »

L'auteur de cet article ajoute : « Ces notes sur l'église et sur le peuple de ce lieu ont été prises il y a environ vingt ans des remarques écrites par M. Villeman le jeune dans les visites qu'il avait faites au diocèse d'Amiens avec l'ancien évêque (1). »

Le P. Daire est d'accord avec le précédent auteur en ce qui concerne les habitudes religieuses des habitants du Plessier-Rozainvillers, habitudes, dit-il, qui les avaient fait surnommer : *Les dévots du Plessier.* Disons que ces habitants restés sobres, économes et très laborieux, ont perdu cependant de leur piété, tout en demeurant fortement attachés à la foi de leurs pères.

Le Plessier est très irrégulièrement bâti ; les coins de rue sont si nombreux qu'on le surnomme quelquefois : *Le pays à coins.* Les maisons sont pour la plupart en paillis, quelques-unes en briques du pays, fort peu en pierres, toutes couvertes en dur, la majeure partie en pannes, fabriquées aussi dans le pays, quelques-unes en ardoises et fort peu en tuiles.

1. Communication de M. Alcius Ledieu.

CHAPITRE II

CURE. — CHAPELLE DE SAINT-LOUIS. — CHAPELLE CASTRALE. — DÉTAILS HISTORIQUES

Il serait bien difficile, vu la rareté des documents, de préciser l'époque de l'érection du Plessier en cure, et les motifs de cette érection.

Tout ce que nous pouvons affirmer, c'est que la cure du Plessier est très ancienne. Elle faisait autrefois partie du doyenné de Fouilloy, et le P. Daire, dans l'histoire de ce doyenné dit : « Qu'en 1219, l'évêque Arnould en avait reçu le patronage et le reste de Gontier, seigneur d'Heilly et que ce prélat donna cet autel au chapitre en 1241 (1). »

Darsy, page 251, note 5, dit : « Qu'un titre sous le scel de l'évêque Geoffroy, du mois d'août 1224, constate que Raoul, archidiacre de Ponthieu, ayant résigné aux mains de l'évêque Évrard, les autels de Fouilloy, d'Heilly, de Plessier-Rozainvillers *(de Plaissiaco),* de Ribemont et de Villers-Bretonneux, avec le patronat et la collation des prébendes et une certaine dîme à Hangest, le patronat de Fouilloy et la collation des

1. La date de 1219 est certainement fautive en ce qui concerne l'évêque Arnould, puisque ce prélat succéda à Geoffroy d'Eu, mort en 1236.

prébendes furent attribués à l'évêque, et la collation des quatre autres églises fut attribuée au chapitre d'Amiens. La résignation aurait eu lieu en 1219. »

C'était en effet le chanoine en mois de la cathédrale d'Amiens qui nommait à la cure du Plessier et l'évêque conférait les pouvoirs, — ce qui, soit dit en passant, — expliquerait assez pourquoi bon nombre des curés qui ont occupé cette cure étaient d'Amiens.

Placée sous le vocable de Saint-Martin, la cure du Plessier vit ses revenus s'élever successivement de 500 livres à 650 livres, et ceux de la fabrique de 130 livres à 364 livres. Il n'en reste plus aujourd'hui un denier.

Dans le relevé de biens de main-morte, fait par le bourgeois Scellier, nous voyons que le curé avait « une disme à 6 du 100, estimée 400 livres.

« La fabrique, 40 journaux de terre et quelques rentes affermés 450 livres.

« La fabrique paie au curé du lieu et au clerc 150 livres. »

CHAPELLE DE SAINT-LOUIS

Outre l'église paroissiale, il y avait encore la chapelle de Saint-Louis, dont le chapitre était collateur de plein droit.

Déclaration faite par Mᵉ Nicolas de Lestocq le 1ᵉʳ avril 1728 :

Revenus, 4 journaux à la sole affermés 24 setiers, mesure d'Amiens, estimés 50 l. 8 s.

D'après les pouillés de 1648, 1712 et 1736, cités par M. de Cagny, le revenu de cette chapelle varia de 36 à 73 livres.

Charges. — Une année des revenus au château de Beaucourt à chaque mutation.

CHAPELLE CASTRALE

Il y avait aussi une chapelle castrale dédiée à Notre-Dame du Plessier.

D'après les pouillés cités plus haut, cette chapelle avait d'abord un revenu de 300 livres, qui tomba ensuite à 196 livres avec la charge de faire acquitter 104 messes par année.

Le relevé des biens de main-morte en 1749 porte :

« Le chapelain de la chapelle castrale, 7 journaux à la sole, 200 livres. »

Enfin, d'après la déclaration, faite en 1728 par le titulaire, M⁰ Jean Ducrocq, cette chapelle, dont le seigneur était le présentateur, avait 27 journaux de terre affermés 200 livres.

Charges. — Pour des messes, trois par semaine.

Plus tard, une somme de 100 livres fut ajoutée à ces revenus par feu messire Maximilien de Cambray, pour obliger le chapelain à la résidence. « Le chapelain de la chapelle castrale, dit en effet le P. Daire, était tenu à la résidence. »

Nous lisons aux archives de la mairie, à la date du 15 décembre 1774, que ce jour-là mourut subitement maître Ducrocq Jean-Baptiste, à l'âge de soixante-dix-huit ans, en son vivant aumônier de la chapelle castrale dudit lieu, et que le lendemain, 16 décembre, il fut inhumé dans le chœur de l'église. C'est le seul chapelain dont le nom nous soit expressément révélé.

CURE ET CURÉS

L'époque la plus reculée des archives de la paroisse, conservées à la maison commune, est 1648.

I. DE BERLE Antoine signait alors les différents actes en qualité de curé. Le 31 octobre de l'année 1655, il baptisait la grosse cloche, qui recevait le nom de Charlotte, de son parrain Charles de Cambray, seigneur de Villers-aux-Érables, et de Madeleine-Antoinette de Fontaines, qui fut marraine. (Archives de la paroisse.)

II. CADOT Pierre lui succède. Il signe les actes de baptêmes, de mariages et de décès de 1676 à 1692, c'est-à-dire pendant seize ans environ.

III. DUCROCQ Charles, qui vient après lui, signe aux registres de l'an 1692 à l'an 1721. C'est le 12 décembre de cette année que la mort le frappe. Maître Tourneur, curé de Mézières et doyen de chrétienté de Fouilloy, dépose les restes mortels du pasteur dans le chœur de l'église. Il avait donc administré la cure pendant vingt-neuf ans.

IV. BOUTHORS Jean. Ce n'est que le 14 mars de l'année suivante que l'on voit paraître le nom de Mᵉ Jean Bouthors. Alors il ne prend que le titre de « desserviteur », on dirait le précurseur de « desservant », qui viendra plus tard. Ce n'est qu'en juin qu'il signe avec le titre de curé. (Archives de la paroisse.) Le dernier acte revêtu de sa signature porte la date du 22 mars 1752.

Il eut pour vicaire l'abbé Gouin, plus tard curé de l'Échelle-Saint-Aurin (aujourd'hui canton de Roye).

C'est la première fois que nous trouvons le titre de vicaire de la paroisse. Mais, en revanche, celui de chapelain disparaît. Ces deux titres auraient-ils été réunis et confondus à cette époque sous cette dénomination ? Il peut y avoir dans cette opinion de grandes probabilités que nous ne saurions cependant donner comme une certitude.

De 1752 à 1754, c'est-à-dire pendant deux ans, M. l'abbé Gouin signe seul aux actes et toujours en qualité de vicaire. Qu'était devenu Mᵉ Jean Bouthors, le curé ? Victime du jansénisme, comme nous le dirons en détail dans un chapitre particulier, il avait dû prendre le chemin de l'exil à la suite d'une condamnation du parlement de Paris.

Ce fut cependant à Terramesnil (aujourd'hui canton de Doullens), son pays natal, que M. Bouthors mourut le 25 décembre 1754.

D'après un souvenir traditionnel recueilli au Plessier, M⁰ Bouthors, après sa condamnation, se serait caché dans son pays, chez des parents ou des amis, en attendant sa grâce que sollicitait son évêque, Mgr de la Motte, et sa mort aurait été la suite d'une chute qu'il aurait faite du réduit dans lequel il se tenait caché.

Les registres aux actes de décès de la paroisse du Plessier pour l'année 1754 portent, en effet, la mention suivante :

« Le 25 décembre 1754 est décédé M⁰ Jean Bouthors, curé de cette paroisse, à Terramini, lieu de sa naissance. »

Et les registres de Terramesnil, succursale d'Orville, pour l'année 1754, portent l'acte de décès et d'inhumation suivant :

« Le 25 décembre 1754 est décédé à Terraminil, Maître Jean Bouthors, prêtre, curé du Plessier-Rozainvillers. Son corps fut inhumé le lendemain par moy soussigné, prêtre, vicaire dudit lieu, dans l'église de Terraminil, qui ai signé le présent acte avec Denis Bouthors et Jean-Baptiste Bouthors, lesdits jour et an que dessus.

Signé : François, vicaire. »

V. ASSELIN Jean-Jacques lui succéda en 1755. Il était d'Amiens, où sa famille est encore connue par ses sentiments de piété et de fidélité à l'Église.

Le 3 septembre 1769, peu de temps avant sa mort, M. Asselin, assisté des marguilliers en charge et des anciens de la paroisse, contracte avec le sieur Florentin Cavillier, fondeur de cloches à Carrépuits, un engagement pour la fonte de trois cloches destinées à l'église du Plessier.

D'après cet engagement, dont le double est conservé aux archives de la paroisse, ces trois cloches devaient peser ensemble 2,500 livres environ, et devaient coûter à la fabrique, suspendues dans le clocher, 550 livres, plus l'ancien métal, les anciennes ferrures, et les frais de transport. La différence en plus ou en moins du métal après la fonte devait être comptée au prix de 30 sols la livre, poids de 16 onces. Ces cloches devaient être d'accord et de bonne harmonie sur les tons de *la, sol, fa.*

Le 28 novembre de cette année 1769, M. Asselin rendait son âme à Dieu, à l'âge de cinquante ans. Il fut inhumé le lendemain dans le chœur de l'église par Mᵉ Jean-Baptiste Brisse, doyen de chrétienté de Fouilloy et curé d'Hamelet, près Corbie. Il était assisté de Dom Philippe Pluchart, religieux de l'ordre de Saint-Benoît de Moreuil, de frère François, supérieur des religieux cordeliers du prieuré de Saint-Riquier, près Pierrepont, et d'un grand nombre d'autres ecclésiastiques qui ont signé au procès-verbal d'inhumation.

M. Asselin avait eu successivement pour vicaires MM. Lefèvre et Collet.

VI. VIMEUX Jean-François-Adrien fut le successeur de M. Asselin. Sa nomination ne se fit pas attendre, car, déjà, le 18 décembre 1769, il signe aux actes avec le titre de curé. M. Vimeux était frère du sculpteur amiénois qui a décoré la chapelle de Saint-Jean-Baptiste à la cathédrale. C'est aussi à son ciseau que le chœur de l'église du Plessier fut redevable des boiseries qui recouvrirent longtemps les murs du sanctuaire, son autel en bois et surtout son magnifique retable en chêne, ainsi que les deux belles statues en bois de la sainte Vierge et de saint Martin en évêque.

M. Vimeux eut à traverser les mauvais jours de la Révolution. Pour ne point quitter ses paroissiens, auxquels il paraissait fort attaché et qui le payaient bien de retour, il crut pouvoir prêter les différents serments exigés par les lois et obtenir à ce prix le droit, bien limité et très souvent entravé, de procurer à sa paroisse des secours religieux dont son absence l'aurait privée.

C'est ainsi que, le 14 octobre de l'année 1792, il prêta serment « de fidélité à la Nation », et jura de maintenir « la liberté et l'égalité, ou de mourir pour leur défense. » (Registre de la municipalité du Plessier, p. 25.)

« Le 22 ventôse an II (12 mars 1794), le citoyen Vimeux, curé de la commune, se présente devant le maire et les officiers municipaux à l'effet de remettre entre leurs mains ses lettres de prêtrise, pour, lesquelles lettres, être envoyées par eux, dans le plus court délai, aux citoyens administrateurs révolutionnaires du district de Montdidier. » (Idem.)

Le 22 floréal an II (11 mai 1794), une enquête est faite sur « le civisme et l'incivisme » du citoyen Vimeux, ci-devant curé de la commune, enquête concluant à ce que ledit Vimeux jouisse de la liberté, n'ayant révélé dans sa conduite rien qui fût contraire aux lois. » (Idem, p. 14.)

Le 8 fructidor de la même année (25 août), M. Vimeux signe aux archives de la commune en qualité de secrétaire et de commis-greffier.

Le 17 prairial an III (5 juin 1795), le citoyen Jean-François-Adrien Vimeux, ministre du culte catholique, ayant exercé ses fonctions pendant l'espace de vingt-six ans dans la commune, obéissant à la loi du 11 prairial, demande à la municipalité un certificat d'obéissance à la loi, certificat qui lui est délivré sans aucune observation. (Idem.)

Le 2 brumaire an IV (24 octobre 1795), le citoyen Jean-François Vimeux comparaît de nouveau devant la municipalité pour faire la déclaration suivante : « Je reconnais que l'universalité des citoyens français est souveraine, et je promets soumission et obéissance aux lois de la République. » Acte lui est donné de cette déclaration. (Idem.)

Au même registre, à la date du 8 vendémiaire an VI (29 septembre 1797), on lit la mention suivante, écrite en entier et signée de la main de M. Vimeux :

« Le huit vendémiaire an VI, par devant nous, adjoint

de la commune du Plessier-Rozainvillers, s'est présenté le citoyen Adrien Vimeux, ministre du culte catholique en la dite commune, qui a déclaré que, conformément à la loi du 19 fructidor dernier, il avait constaté sa soumission à la dite loi, pardevant l'administration municipale du canton de Moreuil, en sa séance du cinq vendémiaire, an sus-dit, en prêtant serment de haine à la Royauté et à l'anarchie, de fidélité et d'attachement à la République et à la Constitution de l'an III, et qu'il requérait que ce dit serment fût constaté par l'inscription sur notre registre, ce que nous avons accordé et signé avec lui. »

Après tant de serments, il ne restait plus à M. Vimeux qu'à les rétracter tous publiquement et à faire amende honorable devant ses paroissiens. C'est ce qu'il fit, en effet, à la restauration du culte et à la grande joie de la paroisse qui, ce jour-là, se retrouvait avec bonheur dans sa vieille église, pour y recevoir la rétractation de son curé qu'elle aimait toujours, et y réciter avec lui les articles du même symbole, sous la conduite du même et légitime pasteur.

Le 2 juillet 1806, M. Vimeux mourut victime d'une épidémie qui sévissait dans sa paroisse ; il était âgé de soixante-seize ans. Il avait administré la cure pendant trente-sept ans environ. Son corps fut inhumé dans le cimetière de la paroisse par M. Carette, curé de Villers-aux-Érables.

Disons, en terminant, que la conduite privée de M. Vimeux fut toujours celle d'un curé dévoué. Les registres de catholicité qu'il tint avec ordre, même pendant les plus mauvais jours, prouvent que les enfants ne furent jamais privés de la grâce du baptême et que les morts reçurent les honneurs de la sépulture chrétienne.

Sans doute, il se soumit à bien des humiliations ; sa faiblesse trop grande, un désir bien naturel, mais trop humain peut-être, de rester en paix au sein d'une paroisse qu'il aimait et dont il était aimé, bien plus que des sentiments pervers que sa conduite du reste ne révéla jamais, lui arrachèrent des serments qu'on ne saurait pleinement justifier, tout en cherchant à les excuser. Mais il sut si bien les effacer par une humble et sincère rétractation devant ses paroissiens réunis que son évêque ne fit point difficulté de lui continuer à la restauration du culte les pouvoirs qu'il avait autrefois reçus pour cette même paroisse.

Ne serait-ce pas le cas de répéter ces vers, plus admirables dans la pensée que dans l'expression :

Du devoir, il est beau de ne jamais sortir,
Mais plus beau d'y rentrer avec le repentir.

M. Vimeux avait eu successivement pour vicaires :

Duffay en 1774.

Delacourt en 1774.

Lagnier en 1787 ; la même année, il fut nommé vicaire du Quesnel et nous le verrons revenir au Plessier avec le titre de curé.

Grenot en 1787, successeur de M. Lagnier.

Jourdain en 1788. Ce dernier était encore vicaire lorsque la Révolution éclata. Il ne voulut point imiter la conduite de son curé et refusa de prêter serment, ce qui fut cause d'un commencement de désordre. Nous lisons, en effet, aux registres de la municipalité, à la date du 26 décembre 1791 : « Nous soussignés, maire, officiers municipaux et membres du conseil général de la commune, considérant le trouble qu'il pourrait survenir dans notre paroisse, à cause de M. Jourdin, non conformiste à la Constitution, et actuellement notre vicaire, avons délibéré l'urgente nécessité de lui faire signifier qu'il ait à abandonner son vicariat. A cet effet, nous ordonnons à Omer Heigny, marguillier en charge, de lui payer exactement, conjointement avec le marguillier des trépassés, tout ce qui pourrait lui être dû tant par la fabrique de notre dite paroisse que sur la recette des trépassés, et chargeons aussi par la présente délibération M. notre procureur de la commune de faire signifier par huissier audit vicaire qu'il ait à se retirer et à abandonner les fonctions de notre vicariat et de remettre les clefs tant de l'église que de la sacristie entre les mains d'un des officiers municipaux et de laisser la maison vicairiale libre, d'en ôter ses meubles et de remettre les clefs de ladite maison au plus tard le 1er janvier 1792. »

Ainsi, la municipalité du Plessier s'emparant, sans honte ni scrupule, des pouvoirs de l'évêque, signifie au vicaire qu'il ait à cesser de remplir ses fonctions ecclésiastiques. M. Jourdain ne paraît pas s'effrayer ni tenir grand cas de cette injonction arbitraire, car, le 20 février, c'est-à-dire deux mois après, nous le retrouvons encore à son poste. Ce fut alors que des citoyens avinés se rendirent à la maison vicariale pour « le prier » de se retirer. Cette démarche d'hommes ivres causa une sorte d'ameutement qui nécessita la descente des officiers municipaux. Leur présence suffit pour rétablir l'ordre.

Le vicaire ne porta aucune plainte contre ses insulteurs, ne demanda aucune réparation. Il paraît cependant que « la prière » de ces hommes fut assez violente, car des portes avaient été enfoncées, et d'autres dégâts, peu importants, il est vrai, furent constatés. Il y avait dans cette sorte d'émeute aux petits pieds des hommes et des femmes des deux partis. Interrogés par la municipalité, qui fit son devoir, il faut le reconnaître, et qui semble avoir apporté en tout cela plus de morgue que de méchanceté, les meneurs avouèrent qu'ils avaient agi sous « l'impression du vin. » Après une remontrance assez sévère de la part du chef de la municipalité, dans laquelle il est dit entre autres choses « que souffrir un pareil attentat, ce serait affaiblir la plus belle des constitutions », les coupables promirent de se comporter à l'avenir en bons citoyens. (Registre de la municipalité, pp. 4 et 5.)

M. Jourdain, de son côté, se retira, et, dans une séance du 22 avril, le conseil décida que la maison vicariale servirait de maison commune. La salle et le cabinet de travail seront affectés aux séances du conseil, la cuisine servira de corps de garde, et le cabinet y attenant deviendra tout à la fois la maison d'arrêt et la prison du Plessier.

Cependant, l'abbé Jourdain paraît avoir eu comme successeur un citoyen nommé Croisé, car le 1ᵉʳ frimaire, an II (21 novembre 1793), le conseil délibère qu'un mandat de 142 liv. 12 s. sera payé au citoyen Vimeux, curé dudit Plessier, et un autre mandat de 100 livres au citoyen Croisé pour la *desserte* du vicariat de cette commune.

Nos registres ne disent pas si M. Croisé prêta ou ne prêta pas serment, ni combien de temps il desservit le vicariat.

VII. LAGNIER Pierre-Armand. Ainsi que nous l'avons vu, M. Lagnier avait d'abord été pendant peu de temps vicaire du Plessier, puis transféré au même titre au Quesnel. Il émigra pendant la Révolution. En 1806, après le décès de M. Vimeux, il fut nommé curé du Plessier.

Les efforts de M. Lagnier, comme ceux d'un bon prêtre, tendirent à cicatriser les nombreuses plaies faites à sa paroisse par les excès de la Révolution. Mais son zèle se heurta souvent à des obstacles bien regrettables. C'est ainsi qu'il voulut fonder en faveur de sa paroisse une rente de 350 francs pour une école de filles dirigée par une religieuse, et qu'il vit sa générosité repoussée par la municipalité d'alors.

La paroisse du Quesnel, où il avait été vicaire, fut mieux avisée et plus heureuse. M. Lagnier lui ayant fait la même offre, elle l'accepta avec reconnaissance, de sorte que les enfants de cette paroisse jouissent d'un bienfait dont le Plessier n'a pas su connaître le prix. (Déclaration de M. Hurdequint, curé du Quesnel.)

En 1827, M. Lagnier ne fut pas plus heureux dans une revendication assez importante en faveur de la fabrique de son église. Il s'agissait de deux pièces de terre provenant du chapitre de Saint-Quentin, pièces de terre non achetées par les possesseurs, ainsi qu'il ressortait du témoignage de la municipalité et des contrats de vente. L'une de ces deux pièces de terre, située sur le terroir du Plessier, était d'une contenance de 200 verges. L'autre, située au lieu dit la Garenne, contenait 144 verges.

Une première délibération fut prise en présence des marguilliers sous la protection et avec l'assistance de M. le Maire et de M. l'Adjoint, afin de prier M. le Préfet d'obtenir du ministre des finances que la fabrique fût mise en possession et en jouissance de ces 374 verges de terre. Mais, quand il fallut signer la délibération, chacun de s'excuser et de refuser sa signature. (Registre de la fabrique.)

Cependant, M. Lagnier ne se tint pas pour battu. Ayant déféré la chose à l'évêché, par ordre de Mgr l'évêque, il réunit de nouveau le conseil de fabrique avec l'assistance du maire et de l'adjoint. On formula le même vœu, mais, quand il fallut signer, ce fut la même cérémonie et le même refus. Les marguilliers déclarèrent qu'ils ne pouvaient signer en faveur de la fabrique contre leur oncle, frère ou parent à un autre degré, sans s'exposer aux plus grands dangers de haines et de vengeances. M. le Curé eut recours à un autre expédient, celui de leur faire signer cette déclaration. Mais, nouveau refus de leur part. M. Lagnier signe seul alors ces différentes délibérations, pour l'attestation de la vérité, le 28 mai 1827.

Il ne restait plus qu'à autoriser le trésorier à intenter des poursuites contre les injustes possesseurs de ces biens. C'est ce que fit Mgr l'évêque. Mais le trésorier, à son tour, déclara et signa qu'il n'agirait point, car il ne voulait pas se faire d'ennemis.

Une telle conduite, pour de semblables motifs, se passe de commentaires.

Mes recherches m'ont fait mettre la main sur une pièce assez intéressante que j'ai réintégrée aux archives de la fabrique. C'est l'acte authentique, sur papier timbré, de la cession du presbytère et de ses dépendances à la commune par le sieur Lagnier Pierre-Armand. Il se présente comme propriétaire dudit presbytère, titre qu'il justifie par actes authentiques, attestant qu'il avait acheté cet immeuble et ses dépendances de ses prédécesseurs, Mrs Vimeux et Asselin.

Cette cession est faite à la commune à charge par elle d'entretenir, pour le sieur Lagnier et ses successeurs, le presbytère, ses dépendances et ses clôtures. Cet acte porte la date du 28 mai 1808.

M. Lagnier mourut le 7 janvier 1829, et fut enterré le 9 dans le cimetière de la paroisse.

Il avait appelé son neveu près de lui, pour l'aider dans ses fonctions curiales, devenues lourdes à sa vieillesse.

VIII. Lagnier Jean-François, succéda à son oncle. En 1865, il donna sa démission pour se retirer à Erches.

IX. Marchand Alfred-Marie-Frédéric, vicaire à la paroisse Saint-Germain, et auteur de cette monographie, succéda au précédent. Il eut la consolation d'enrichir, pour une somme relativement minime, toutes les croisées de son église des vitraux peints et historiés de l'ancienne église Sainte-Anne d'Amiens, expropriée par la compagnie du chemin de fer du Nord.

Le 16 août 1876, il fut nommé à la cure d'Airaines.

X. Sacquépée Henri-Alexandre, vicaire à Rue, fut nommé curé du Plessier en 1876. Il continue avec beaucoup de succès les restaurations et les embellissements de l'église.

CHAPITRE III

LE CHATEAU ET LES SEIGNEURS DU PLESSIER

Le Plessier eut autrefois son château, dont l'emplacement est encore bien connu et bien marqué, mais il n'en reste plus aucun vestige.

Ce château était-il important et remarquable par son architecture? Nous n'oserions l'affirmer. En tous cas, aucun souvenir historique ne paraît s'y rattacher, et il semble n'avoir rien eu de commun avec ces châteaux forts du moyen âge, dont le sol de notre Picardie était semé. C'était sans doute pour ses châtelains plutôt un séjour de repos et d'agrément, au milieu des bouquets du Plessier, qu'une forteresse contre les ennemis du dehors. On n'y trouve, en effet, ni fossés, ni remparts, rien en un mot de ce qui pourrait révéler un château fortifié.

La propriété de ce château appartenait depuis le commencement du XVIIe siècle à la famille de Cambray. Il est à remarquer, toutefois, que les membres de cette famille habitaient de préférence la demeure seigneuriale de la Neuville-sire-Bernard ou celle de Villers-aux-Érables.

C'est pour cette raison que, le 28 mars 1750, Florimond de Cambray et Marie-Angélique de Gouffier, sa femme, « vendent, cèdent et délaissent dès maintenant et à toujours, à titre de cens seigneurial imprescriptible avec promesse de garantir de tout trouble et empêchement généralement quelconque aux sieurs Pierre-François Senart, Jean-Baptiste Senart et Thomas Senart, tous trois frères, 433 verges de terre encloses de murs et appelées vulgairement « la place du vieux château », sises au Plessier-Rozainvillers. » (Acte de vente.)

Le prix de cette propriété, qui n'était, comme le dit le contrat de vente, « qu'une partie d'un démembrement de la terre du Plessier », fut de 2,800 livres et 40 sols de cens par an à la Saint-Remi.

Depuis, cette propriété est passée entre les mains de la fabrique par suite des donations testamentaires successives de Mⁱˡᵉ Senart et de Mᵐᵉ Hanocq, sa sœur. Conformément aux lois qui régissent la matière, la fabrique a dû en opérer la vente pour en placer le prix en rentes sur l'État. Par suite de cette vente, la terre du vieux château est devenue la propriété des époux Goret-Heigny, du Plessier.

Nous devons à l'obligeance de M. Alcius Ledieu, qui recueille depuis plus de vingt ans tous les documents relatifs à l'histoire et à l'archéologie des communes formant le canton de Moreuil, les renseignements suivants sur la suite des seigneurs du Plessier-Rozainvillers.

La seigneurie du Plessier relevait, non point de la Salle du roi à Montdidier, comme l'avance à tort le P. Daire, mais de la châtellenie de Moreuil.

Dans le principe, les seigneurs du Plessier portaient le nom de cette terre.

Bernard du Plessier, chevalier, est cité en 1164 dans le cartulaire de Corbie.

Joseph du Plessier *(Plessiaco)* figure dans le même cartulaire en 1224.

D'après le P. Daire, Gautier d'Heilly donna à l'évêque d'Amiens, en 1219, le patronage de la cure du Plessier, dont il était seigneur.

Ansel du Plessier, chevalier, seigneur dudit lieu, est choisi comme exécuteur testamentaire avec Guillaume, prévôt d'Harbonnières et l'abbesse du Paraclet, par Helvide, femme de Robert de Boves (1). (8 sept. 1262.)

En 1283, Bernard du Plessier donne, du consentement de Bernard de Moreuil, 2 muids de froment à l'abbaye de Saint-Fursy de Péronne pour le repos de l'âme de son frère, Pierre, religieux de ce couvent (2).

On trouve aux Archives nationales (P. 136, fol. 233 et suiv.), un important fragment d'un dénombrement fourni vers 1383 par Gilles Bernard, sire du Plessier, chevalier, au seigneur de Moreuil. Ce personnage nous paraît être de la famille même des seigneurs de Moreuil.

Quoi qu'il en soit, le domaine du Plessier consistait alors en « manoir et chastel », avec 120 journaux de bois en une pièce, tenant au château, en 300 journaux de terre labourable, en 6 journaux de terre à terrage, 3 journaux de vigne et 30 journaux d'avoine. Le seigneur avait droit de garenne dans son bois et dans celui de Saint-Aubin ; il possédait : 1° un moulin à vent rapportant 9 muids de blé par an ; 2° un four banal valant 100 sols de revenu ; 3° un moulin à waide ; il recevait annuellement 13 livres parisis de cens, 6 muids 1/2 de blé, 7 muids 1/2 d'avoine, 128 chapons, etc. ; enfin, il avait haute, moyenne et basse justice.

De la seigneurie du Plessier relevaient alors trente-deux hommes liges :

1° Messire Jean de Caix, dit le Danois, chevalier, sire de Dancourt, possédait à Fresnoy une maison, un fief, 20 journaux de terre et 1 journal de vigne ;

2° Messire Arnoul, sire de Sains et de Bouchoir, avait un fief de 110 journaux de terre à Fresnoy ;

3° Damoiselle Jehanne Gambarde, veuve de Jacques Gambart d'Erches, écuyer, avait un fief à Beaucourt consistant en un chef-lieu et 16 journaux de terre ;

1. Cartulaire du Paraclet, fol. 133.
2. D. Grenier. *Topographie*, t. CCXIV, fol. 191.

4° **Pierre le Marcant** tenait au Plessier un fief consistant en un chef-lieu et 6 journaux 30 verges de terre ;

5° **Jehan Noiret**, écuyer, avait un fief de 20 journaux de terre situé entre Beaucourt et le Quesnel ;

6° **Jehannette Trespaine**, de Hangest, avait un fief de 34 journaux de terre situé au Plessier ;

7° **Guillaume Bacouël**, chevalier, seigneur de Septoutre, tenait un fief de 21 journaux de terre sur les terroirs de Mézières, Fresnoy, etc. ;

8° **Pierre le Caron**, de Hangest, avait un fief de 6 journaux de terre à Hangest ;

9° **Louis Montdidier** possédait au Plessier un fief consistant en un chef-lieu et 20 journaux de terre ;

10° **Messire Pierre de Sauvillers**, prêtre, tenait trois fiefs ; le premier, situé au Plessier, consistait en une maison avec ses dépendances ; ce fief, pour lequel le possesseur devait tous les ans, « au jour de Pasques communiaulx, une paire de esperons dorez », valait deux francs d'or annuellement ; le second fief, situé aussi dans le même village, consistait en un jardin et devait « chacun an au jour de le Toussains ungs gans de cerf » ; ce fief valait un franc d'or ; le troisième fief consistait en 8 journaux de terre à Hangest ;

11° **Pierre le Caron**, de Hangest, avait un fief audit lieu, consistant en 6 journaux de terre ;

12° **Guillaume de Blequin**, chevalier, seigneur dudit lieu en partie, tenait, à cause de sa femme, Marie de Boufflers, un fief à Hangest, consistant en 22 journaux de terre ;

13° **Raoul du Mesnil**, demeurant à Montdidier, possédait au Plessier un « courtil » de 60 verges de terre et une pièce de terre y attenant de même étendue ;

14° **Jean Bevet**, de Saint-Marc en Chaussée, tenait, comme tuteur de son frère mineur, un fief de 13 journaux sur plusieurs terroirs ;

15° **Le même** tenait à Saint-Marc un second fief de 25 journaux de terre ;

16° Jean de Hangest, bourgeois de Montdidier, avait au Plessier un fief de 22 journaux de terre ;

17° Le même tenait un second fief de 16 journaux 1/2 de terre au Plessier ;

18° Le même avait un troisième fief de 5 journaux de terre sur le même terroir ;

19° Agnès de Hangest, femme de Firmin de Cachy, possédait au Plessier un fief consistant en une maison, un « courtil » et 13 journaux de terre ;

20° Jean de Tronville, écuyer, avait un fief de 17 journaux de terre à Beaucourt ;

21° Jean Noiret, demeurant à Vrely, avait un fief de 33 journaux de terre à Beaucourt ;

22° Rigaut de Hourges, écuyer, tenait un fief consistant en un chef-lieu au Plessier avec 45 journaux de terre au Plessier et à Hangest ;

23° Regnault, seigneur de Domart, chevalier, tenait un fief consistant en 65 journaux de terre sur Démuin, Beaucourt, Mézières, etc. ; il possédait en outre un fief abrégé et tenait ces deux fiefs « noblement et franchement » ;

24° Jean Estevenet possédait trois fiefs ; le premier, situé au Plessier, consistait en un manoir et 2 journaux de terre ; le second, au même lieu, comprenait un « manoir » et 15 journaux de terre ; le troisième, sur les terroirs de Fresnoy et du Plessier, contenait 18 journaux de terre.

Le dénombrement que nous venons d'analyser est incomplet, puisqu'il manque quatre hommages.

Quelques années plus tard, Jean de Brunvillers était seigneur du Plessier. De son mariage avec Marie de Milly, il eut une fille, Jeanne, qui épousa son parent, Guillaume de Milly.

Parmi les membres de la famille de Milly qui ont possédé la seigneurie du Plessier, il convient de citer : Jean de Milly, marié à Françoise de Conty, d'où : — François de Milly, qui épousa Jacqueline de Béthisy, fille d'Antoine, seigneur de Campvermont, d'où : —

Florimond de Milly, qui eut d'Antoinette de Warluzel, sa femme : — Charles de Milly, marié à Cécile de Saveuse ; de ce mariage est née une fille, Jeanne de Milly, alliée au suivant.

Charles de Cambray, écuyer, seigneur de Villers-aux-Érables, de Maubuisson, du fief de Lihus à Saint-Just et du fief Boullet à Arvillers, fils aîné de Claude et d'Antoinette le Parmentier, devint seigneur du Plessier après son mariage, par contrat du 18 mai 1600, avec Jeanne de Milly. De cette union naquirent : 1° Charles, écuyer, seigneur de Villers-aux-Érables ; 2° Louis, qui suit ; 3° Angélique, alliée à François de Blottefière, chevalier, seigneur de Vauchelles.

Louis de Cambray, écuyer, seigneur du Plessier, Maubuisson, Quiry-le-Vert et la Neuville-sire-Bernard, épousa le 12 mai 1647 Antoinette-Madeleine de Fontaines, fille d'Adrien, chevalier, seigneur de Poix et de Caix en partie, et de Marguerite de Gaillart. De cette alliance vinrent : 1° Philippe, qui suit ; 2° Louis, écuyer, capitaine d'infanterie.

Philippe de Cambray, écuyer, seigneur du Plessier, la Neuville et autres lieux, fut maintenu dans sa noblesse en 1666 par de Colbert, intendant de Picardie, et de nouveau en 1700, par Jérôme Bignon. Il épousa par contrat du 24 juillet 1688 Marie Dournel, fille de feu Jean Dournel, avocat à Péronne, et de Marie Cornet. Leur mariage fut célébré au Mesnil-Saint-Firmin, ce qui donna lieu à une nouvelle célébration. Nous avons relevé en effet sur les registres de l'état civil de la Neuville-sire-Bernard la mention suivante : « M⁰ François Poulin, curé du Mesnil-Saint-Firmin, avait d'abord fait en sa paroisse le mariage de Philippe de Cambray avec delle Marie Dournel, mais, comme il n'était curé ni de l'une ni de l'autre partie et qu'il ne put prouver devant ses supérieurs par un acte écrit qu'il avait reçu du curé de la Neuville la permission nécessaire, quoique cette permission lui eût cependant été accordée, ordre fut donné par le grand vicaire d'Amiens, de Riencourt, le siège vacant, de procéder au renouvellement du consentement des parties, — consentement qui fut en effet renouvelé et reçu par M° de Savoye, curé de la Neuville, le 13 du mois de juin de l'an 1689. »

De son mariage, Philippe de Cambray eut : 1° Florimond, qui suit ; 2° Maximilien-Philippe, né en 1691, mort jeune ; 3° Pierre-Louis, né le 30 août 1693 ; 4° François-Charles, né le 12 juin 1696 ; 5° Louis, né le 28 juillet 1698, lieutenant au régiment de Condé ; 6° Philippe, né le 9 octobre 1702 ; 7° Marie-Louise-Yolande, née en 1692, morte en 1697 ; elle fut inhumée dans le chœur de l'église du Plessier, parce que l'église et le cimetière de la Neuville étaient alors interdits ; 8° Marie-Catherine, née le 11 juillet 1697, morte le 13 avril 1763 ; elle fut inhumée dans l'église de Villers-aux-Érables, à gauche du lutrin ; 9° Marguerite, née le 19 janvier 1700, mariée en 1726 à Louis-Philippe d'Origny, seigneur d'Agny ; 10° Anne-Charlotte, née le 2 mai 1705 ; 11° Marie-Hyacinthe, née le 9 juin 1706.

Florimond de Cambray, écuyer, seigneur du Plessier, la Neuville, Villers-aux-Érables et autres lieux, né le 30 septembre 1689, épousa Marie-Angélique de Gouffier, fille de Jean-Alexandre, chevalier, seigneur de Brasseux, et de Marie-Marguerite Briet, dame de l'Étoile. Il en eut : 1° Maximilien-Eugène-Florimond, qui suit ; 2° François-Marie-Charles, chevalier, marquis d'Épagny, seigneur de Contoire et de Berny, chevalier de Saint-Louis, lieutenant-colonel du régiment de Condé-cavalerie, brigadier des armées du roi, né le 14 octobre 1719, mort sans enfants et inhumé le 6 janvier 1784 dans l'église de Villers-aux-Érables, à gauche de la grande allée de la nef, près du banc du chœur ; 3° Marie-Catherine-Alexandrine, née le 21 février 1721 ; 4° Marie-Félicité-Adélaïde, baptisée le 24 juin 1726 ; 5° Marie-Henriette-Christine, née le 3 juillet 1729. Florimond de Cambray mourut le 2 juin 1763 et reçut sa sépulture dans le chœur de l'église de Villers-aux-Érables ; sa veuve décéda le 8 mars 1769.

Maximilien-Eugène-Florimond de Cambray, chevalier, comte de Villers, seigneur dudit lieu, le Plessier, Quiry-le-Vert, Hamel-lès-Pierrepont et autres lieux, capitaine au régiment de Condé-cavalerie, chevalier de Saint-Louis, naquit au château de Villers-aux-Érables en 1718. De son mariage avec Charlotte-Aimée Destuquoy de Schulembert, il n'eut qu'une fille, morte jeune à Villers-aux-Érables. La branche aînée de la famille de Cambray s'éteignit avec Maximilien, décédé vers 1785.

La branche cadette, établie en Gâtinais, avait alors pour représentant Louis-Antoine-Jean-Baptiste, comte de Cambray, chevalier de l'ordre de Cincinnatus d'Amérique, ancien colonel d'artillerie ; il était fils de Louis-Guillaume, écuyer, sieur de Digny, ancien directeur du Trésor de l'épargne du grand-duché de Toscane, et de Marie-Catherine Denonville.

Le comte de Cambray, qui fut appelé à recueillir la succession du précédent, avait épousé le 2 novembre 1783 Marie-Jeanne-Étiennette Barbe de Riencourt, née le 4 juillet 1757 de Barbe-Simon, seigneur de Beaucourt et de Marie-Antoinette de Tiercelin de Brosses. Avant son mariage, le comte de Cambray était parti en Amérique combattre pour l'indépendance des États-Unis et se distingua au siège de Charlestown, en qualité de colonel ; c'est en mémoire de ce fait de guerre qu'on lui offrit une médaille d'or en 1779. Il reçut des officiers supérieurs les témoignages les plus flatteurs. Le comte de Cambray se rendit acquéreur du château de Démuin par acte passé à Paris le 10 février 1789. Il mourut le 26 février 1822 en son château de Villers-aux-Érables sans laisser de postérité. Il avait institué pour légataire universel Louis de Cambray de Digny, son neveu, né à Florence, secrétaire général des édifices royaux du grand-duché de Toscane, fils de François de Cambray de Digny. En outre, par testament olographe en date des 25 février et 14 mars 1818, il légua une rente annuelle de 1,106 francs en faveur des pauvres et de la cure du Plessier, à charge d'une messe annuelle et perpétuelle par semaine et d'une messe chantée le jour anniversaire de son décès.

FIEFS

A la liste des fiefs que l'on a trouvée plus haut, il faut ajouter les suivants :

BASIN. — Le P. Daire nous apprend que sur le territoire du Plessier se trouvaient le fief Basin et plusieurs autres fiefs nobles tenus de la seigneurie du Plessier par 60 sols parisis de relief et 30 sols de chambellage, avec le service de plaids tous les quinze jours, sous peine de 10 sols d'amende, et obligation de moudre au moulin 3 setiers de blé pour 2 boisseaux.

CARDINAL. — Dans le dénombrement de la seigneurie de Démuin fourni à Boves par Thibaut de Flavy le 14 mai 1482, il est fait mention du fief Cardinal relevant de Démuin. Ce fief, qui valait alors 13 livres, était situé entre Saint-Aubin et Mézières et consistait en bois et terre labourable. Il appartenait à cette époque à Jean du Plessier.

Le 17 septembre 1375, Jean de Hangest le jeune, maïeur de Montdidier, fournit au seigneur du Plessier le dénombrement de trois fiefs situés sur le terroir de ce lieu. Le premier consistait en 22 journaux de terre en 6 pièces ; le second en 6 journaux en deux pièces, et le troisième en une pièce de 5 journaux.

CHAPITRE IV

L'ÉGLISE.

L'église du Plessier est, nous ne dirons pas un monument — elle n'a pas de prétention à ce titre, — mais un édifice de style ogival dont il serait bien difficile de préciser l'époque de construction.

Elle a été bâtie avec une pierre du pays trop tendre, ce qui nécessite souvent, et particulièrement aux contreforts, des réparations assez importantes. Comme les ressources de la commune sont très limitées, et que l'amour des sacrifices pécuniaires est fort restreint, ces réparations sont faites, par économie, en briques du pays ; ce mélange de pierres et de briques donne à l'extérieur de cet édifice un aspect assez désagréable à l'œil.

Cette église a trois nefs. Quoique construites à différentes époques, suivant les besoins de la population, qui allait toujours en augmentant, le plan primitif en a été assez régulièrement conservé.

Le sanctuaire et le chœur paraissent avoir été édifiés d'abord et séparément du reste de l'édifice. Ils suffisaient sans doute pour une population restreinte, puisque le Plessier ne comptait encore en 1467, comme nous l'avons dit, que 24 feux.

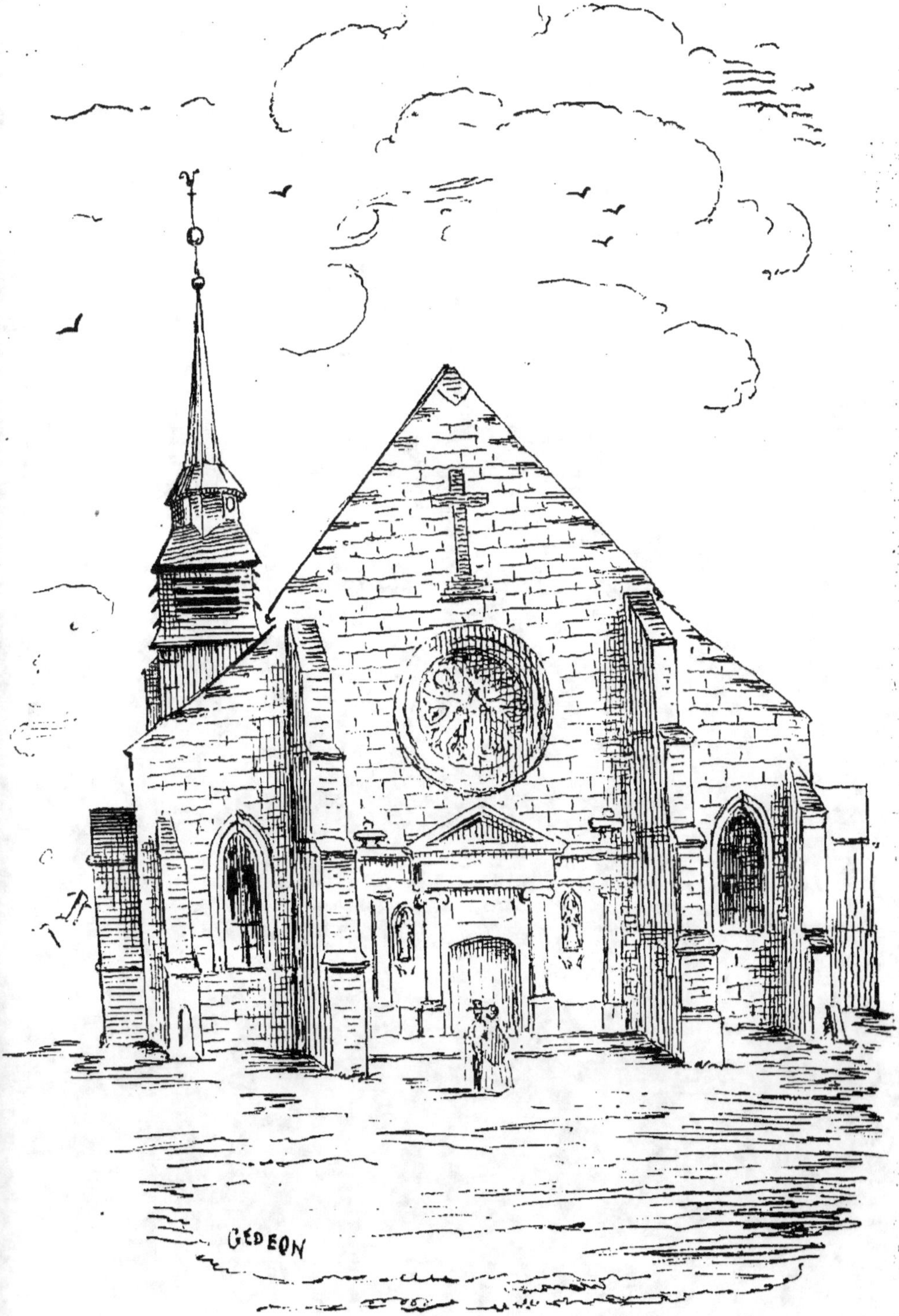

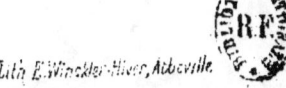

GEDEON

Eglise du Plessier

Les croisées du chœur, très élancées, en forme de
lancette, offrent, quoique sans meneaux, tous les carac-
tères du xive siècle et ne permettent pas de faire remonter cette construction au delà de cette époque. Elle doit
même lui être postérieure. Il y a quelques années, en
faisant disparaître les lambris du sanctuaire, on a mis
à découvert une piscine, servant à la fois de crédence,
ornée d'assez belles sculptures. Elle portait le caractère
du xvie siècle. Il y avait plusieurs têtes de rois mutilées,
une salamandre, un porc-épic portant une couronne sur
ses dards. Cette piscine portait la date de 1532. Rien
d'impossible que cette date soit celle de la construction
du chœur de l'église du Plessier.

Les croisées offraient une particularité assez bizarre
que l'on a fait disparaître depuis quelques années. Elles
étaient remplies en pierres, dans le bas, jusqu'à une
hauteur de 2 mètres environ. Voici ce que la chronique
rapporte à ce sujet.

Les réparations du chœur de l'église étaient à la
charge du chapitre de la cathédrale d'Amiens, seigneur
en partie du Plessier. Mais, comme, à tort ou à raison,
le chapitre ne jouissait pas d'une grande réputation de
générosité, des malavisés prenaient plaisir à casser les
panneaux du bas de ces croisées. Fatigués des réparations trop fréquentes, les chanoines auraient pris la
résolution extrême de faire murer cette partie des
croisées.

Les trois nefs de l'église n'ont pas été construites à
la même époque, ce qui se constate facilement à la
simple inspection des croisées.

Le bas-côté droit, consacré à saint Aubin, est le seul
dont on connaisse d'une manière précise la date de
construction. Dans une réparation faite à ce bas-côté,
il y a quelques années, on mit à découvert la première
pierre aux armes des de Cambray ; elle porte cette inscription :

« A été posée par Maximilien de Cambray, chevalier
et seigneur de Villers-aux-Érables, de Plessier-Rozain-

villers, Hamel et autres lieux, ce 21 avril 1708. Mᵉ Charles Ducrocq, curé du dit lieu ; F. Renard, lieutenant, et N. Devaux, syndicq. »

Ajoutons que ce bas-côté avec son autel n'a pas toujours été dédié à saint Aubin ; il était primitivement consacré à saint Nicolas ; ce ne fut qu'après la disparition de l'église de Saint-Aubin que ce changement eut lieu.

Le bas-côté gauche, consacré à la sainte Vierge, paraît plus ancien que le précédent. De ses croisées, une seule a été terminée. C'est celle qui est placée au-dessus du petit portail. Elle est d'un très bon effet, quoique petite. Elle est divisée par un meneau en pierres et porte des flammes dans le haut. Dans les deux panneaux, on a placé les images de saint Joachim et de sainte Anne, peintes sur verre et provenant, comme les autres verrières, de l'église Sainte-Anne d'Amiens et achetées avec le produit d'une généreuse souscription des habitants du Plessier.

La rosace du grand portail est d'une très belle facture, justement admirée des connaisseurs ; mais sa décoration en verres de couleur mal combinés et mal assortis est de mauvais goût et choque l'œil. Il est regrettable cependant que le nouveau buffet d'orgues cache ce morceau d'architecture.

Le portail, inachevé du reste, est d'un style grec tout à fait étranger à l'édifice ; son effet est lourd et mesquin. Il est de construction moderne.

Les proportions intérieures de l'édifice paraissent bien gardées. Les voûtes n'ont jamais pu être entreprises. Elles sont remplacées par un maigre plafond, toujours provisoire, toujours refait et entretenu. Depuis quelques années cependant, le plafond du chœur et du sanctuaire a été remplacé par une voûte en briques avec nervures et revêtement de plâtre assez gracieux. Des arcatures en briques, également avec revêtement de plâtre, ont pris la place des boiseries du sanctuaire.

Si nous exceptons le retable du maître-autel, en bois de chêne, et les deux statues de la sainte Vierge et de saint Martin qui l'accompagnent, tous trois dus au ciseau de M. Vimeux, sculpteur amiénois, et faisant partie d'un ensemble décoratif pour l'autel et le sanctuaire, l'église du Plessier n'offre aucun objet de valeur.

Le retable, encadré de deux colonnes de l'ordre corinthien, surmonté d'une gloire ornée de têtes d'anges où paraît avoir été placée autrefois la réserve, comme à la cathédrale d'Amiens, représente Notre-Seigneur au Jardin des Oliviers, au moment de son agonie, alors qu'un ange vient le fortifier. Autant qu'une injurieuse couche de peinture à la colle permet d'en juger, cette œuvre fait honneur au ciseau du sculpteur. Le geste de l'ange tenant la croix du bras gauche et de la main droite montrant le ciel, rappelle celui de l'ange qui couronne la chaire de la cathédrale, et dont la grâce attire l'admiration des connaisseurs. L'attitude de Notre-Seigneur, à genoux, les bras étendus, le corps affaissé sous le poids mystérieux qui l'accable, est pleine de dignité et de résignation.

Depuis, par suite de l'ouverture de la croisée absidale et de la restauration du sanctuaire, ce retable n'existe plus à l'état de retable, mais le tableau restauré est conservé comme il méritait de l'être toujours accompagné des deux statues de la sainte Vierge et de saint Martin. La statue de la sainte Vierge, en bois de chêne, porte dans ses bras l'Enfant-Jésus. Malgré les défauts de l'époque, elle est cependant fort remarquable. La pose de l'Enfant-Jésus, tendant les bras, est très naturelle et très gracieuse. La figure de la Vierge, ombragée par une chevelure épaisse, est pleine de jeunesse et de candeur. Les draperies des vêtements, largement traitées, sont d'un bon effet. Nous en disons autant de la statue de saint Martin en évêque.

Le maître-autel, en bois de chêne ouvragé, de style gothique, est moderne.

Les autels des bas-côtés, en bois polychromé, quoique fort beaux, ne sont cependant pas des objets d'art.

Toutes les croisées sont ornées de vitraux historiés, provenant, comme nous l'avons dit, de l'ancienne église Sainte-Anne, d'Amiens. Il faut en excepter la croisée absidale, don d'une pieuse famille du Plessier ; elle représente l'Apparition de Notre-Seigneur, sous la figure du Sacré-Cœur, à la bienheureuse Marguerite-Marie.

Les deux principales croisées du chœur retracent : celle du côté de l'Épître, la vie de Notre-Seigneur ; celle du côté de l'Évangile, la vie de la Sainte-Vierge. Les différentes scènes de ces deux vies sont retracées dans des médaillons.

Les deux autres croisées, moins en vue, offrent : celle du côté de l'Épître, les images de saint Firmin, premier évêque d'Amiens, et de saint François de Sales ; celle du côté de l'Évangile, les images de sainte Élisabeth, reine de Hongrie, et de saint Charles Borromée.

Les quatre croisées du bas-côté de Saint-Aubin sont consacrées à la vie de saint Vincent de Paul ; chaque croisée se compose de six médaillons.

La croisée qui surmonte le confessionnal rappelle les sept sacrements. Deux autres croisées représentent, l'une, saint Louis, roi de France, et l'autre, sainte Clotilde.

Autour de l'église, à l'extérieur, on voit encore les derniers vestiges d'une litre tracée au décès d'un seigneur, très probablement un de Cambray, car l'acharnement de la Révolution à faire disparaître jusqu'aux traces de l'ancienne noblesse s'est ingénié à gratter sans miséricorde les armes qui étaient peintes à chaque contrefort.

Le clocher, solidement appuyé sur le flanc de l'église, côté de l'Évangile, est assez élancé, moins cependant que ne le comportait le plan primitif, car, si nous en croyons la tradition, les ouvriers furent obligés d'abréger leur travail à cause d'une épidémie qui ravageait le pays. Il offre à l'intérieur des naissances de voûte, comme si le bas avait dû être consacré à une chapelle, peut-être la chapelle seigneuriale.

Dans le clocher, il y a trois belles cloches, placées en 1860. Voici l'inscription que porte chacune d'elles.

1° La plus petite :

« L'an 1860, sous Pie IX et Napoléon III, j'ai été bénite par M. Bruno Morel, grand vicaire de Mgr Boudinet, assisté de Jean-François Lagnier, curé de la paroisse, de Désiré Wiet et de Benjamin Babeur, marguilliers.

« J'ai été nommée Marie par Martin-Benoît Morelle et Joséphine Godet.

« Cavillier Amédée, fondeur à Carrépuits. »

2° La moyenne :

« L'an 1860, sous Pie IX et Napoléon III, j'ai été bénite par M. Bruno Morel, grand vicaire de Mgr Boudinet, assisté de Jean-François Lagnier, curé de la paroisse, de Cyprien Morel et de François-Honoré Heigny, marguilliers.

« J'ai été nommée Joséphine par Alphonse Laurent et Maria Goret.

« Cavillier Amédée, fondeur à Carrépuits. »

3° La plus forte :

« L'an 1860, sous Pie IX et Napoléon III, j'ai été bénite par M. Bruno Morel, grand vicaire de Mgr Boudinet, assisté de Jean-François Lagnier, curé de la paroisse, de M. Goret, maire, et de François Hénocq (Hanocq), propriétaire et marguillier.

« J'ai été nommée Eugénie par Aubin Goret et Eugénie Sénart.

« Amédée Cavillier, fondeur à Carrépuits. »

CHAPITRE V

Il y a fort peu de chose à dire sur le presbytère du Plessier-Rozainvillers.

En vertu de l'acte de cession de M. Lagnier, il est la propriété de la commune, nous avons vu à quelles conditions en parlant de cet acte.

De construction récente, ce presbytère a été bâti par M. Durson, entrepreneur du pays, sur les plans de M. Dercheux, architecte de l'arrondissement, et peut-être plus encore sur ceux de M. Lagnier, alors curé de la paroisse.

M. Babeur était maire et représentait les intérêts de la commune.

Le 15 septembre 1839, le Plessier fut autorisé à s'imposer extraordinairement au principal des contributions, pour quatre ans, à raison de 14 centimes environ chaque année, afin de produire une somme de 4,000 francs pour la reconstruction de sa maison presbytérale.

L'ancien presbytère fut adjugé à démolir à l'entrepreneur pour la somme de 500 francs.

Le 16 février 1842, les comptes et réception des travaux exécutés pour cette reconstruction sont réglés et approuvés de la manière suivante :

Travaux	6,089 fr.	55
Honoraires de l'Architecte.	329	50
Total des Dépenses. .	6,419 fr.	05

Pour cette somme, le Plessier possède une maison presbytérale peu solide, car le ciment paraît être de mauvaise qualité; fort incommode, car le nombre des pièces est très limité, et ces pièces sont trop petites et mal distribuées.

Déjà, l'administration actuelle a essayé de remédier aux inconvénients réels que je viens de signaler en ajoutant une sorte d'aile au nord, à la suite d'une excavation qui s'est produite au pied du mur. Elle se propose, quand les circonstances seront favorables, de compléter son œuvre par l'adjonction au côté du midi d'une autre aile semblable.

Mais le mal incurable sera toujours l'exiguïté des pièces, leur mauvaise distribution, ainsi que la médiocre qualité du ciment.

Au dehors, l'aspect du bâtiment n'est point désagréable. La façade en est tournée au levant, inclinant légèrement au sud. Aussi cette habitation est-elle saine et peu exposée à l'humidité.

CHAPITRE VI

LE JANSÉNISME AU PLESSIER-ROZAINVILLERS. — SON ORIGINE. — SES CONSÉQUENCES.

En terminant les quelques lignes que nous avons consacrées à la mémoire de M. Bouthors comme curé de la paroisse du Plessier, nous avons constaté que, de 1752 à 1754, M. l'abbé Gouin, vicaire, signait seul et à ce titre aux archives de la paroisse. Disons, comme nous l'avons promis, ce qu'était devenu pendant ces deux ans le titulaire de la paroisse.

M. Bouthors avait été condamné par le parlement de Paris au bannissement perpétuel.

Plusieurs auteurs ont parlé dans leurs écrits de ce prêtre et de sa condamnation dans un esprit différent.

A l'aide de documents nouveaux, essayons de jeter un peu de lumière sur cette question qui fut brûlante à son époque.

M. l'abbé Delgove, dans l'*Histoire de Mgr de la Motte, évêque d'Amiens* (Livre V, chapitre VI*, p. 343), dit : « Mentionnons enfin un dernier refus de sacrement, puni encore par l'exil du curé. Il eut lieu dans la paroisse du Plessier-Rozainvillers, de la part du sieur Bouthors, vénérable ecclésiastique, dont l'âge,

déjà avancé, n'avait pas diminué l'énergie de la foi ni
la vigueur du caractère. »

Voltaire s'est aussi occupé de M. Bouthors dans deux
de ses ouvrages que j'ai trouvés dans les mains de mes
paroissiens, *l'Histoire du parlement de Paris* et *le
Siècle de Louis XV.*

Voici ce qu'il écrit dans le premier de ces ouvrages,
au chapitre LXV : « Le corps (Parlement) continuait
toujours à poursuivre avec la même vivacité les curés
qui prêchaient le schisme et la sédition. Il y avait un
fanatique nommé Bouthors, curé du Plessis-Rozain-
villers, chez qui les Jésuites avaient fait une mission ;
quelques magistrats, qui avaient des maisons de campagne dans cette paroisse, n'étaient contents ni des
jésuites ni du curé. Il leur cria d'une voix furieuse de
sortir de l'église, les appela jansénistes, calvinistes et
athées, et leur dit qu'il serait le premier à tremper ses
mains dans leur sang. Le Parlement ne le condamna
pourtant qu'au bannissement perpétuel. »

Dans le *Siècle de Louis XV*, au chapitre XXXVI,
nous lisons encore : « Un curé de Rozainvilliers, diocèse d'Amiens, s'avisa de dire un jour à son prône :
Que ceux qui étaient jansénistes eussent à sortir de
l'église et qu'il serait le premier à tremper ses mains
dans leur sang. Il eut l'audace de désigner quelques-
uns de ses paroissiens, à qui les plus fervents consti-
tutionnaires jetèrent des pierres pendant la procession,
sans que lapidans et lapidés eussent la moindre con-
naissance de ce qu'est la bulle et le jansénisme.

« Une telle violence pouvait être punie de mort. Le
parlement de Paris, dans le ressort duquel est Amiens,
se contenta de bannir à perpétuité ce prêtre factieux et
sanguinaire ; et le roi approuva cet arrêt, qui ne portait
pas sur un délit purement spirituel, mais sur le crime
d'un séditieux, perturbateur du repos public. »

Ainsi, par arrêt du Parlement, M. Bouthors, curé du
Plessier-Rozainvillers, avait été condamné à un exil
perpétuel, avec confiscation de ses biens, comme nous

4

le verrons plus loin. Toutefois, d'après M. le Doyen de Poix, ce fut pour un délit purement spirituel, pour refus de sacrement à une femme janséniste, qui ne voulait pas reconnaître la bulle *Unigenitus.* Au contraire, d'après l'historien philosophe, ce fut pour le « crime d'un factieux, perturbateur du repos public. » Aussi, cet homme de mœurs si douces, que la pensée du sang effraie, trouve-t-il ce bannissement bien léger, car, à son avis, « une telle violence aurait *pu* (c'est sans doute *dû*, que Voltaire a voulu dire, mais il n'a pas osé), être punie de mort. »

Or, ni l'une ni l'autre de ces deux versions n'est rigoureusement exacte. Ce fut bien à l'occasion d'un refus de sacrement que M. le Curé du Plessier fut décrété de prise de corps, mais sa condamnation porta sur des faits plus graves, exagérés sans doute sous la plume impie de Voltaire, et que nous allons nous efforcer de raconter avec la plus grande impartialité, rectifiant dans notre récit les inexactitudes de l'historien du siècle de Louis XV et du parlement de Paris, laissant le lecteur se prononcer sur la culpabilité plus ou moins grande de ce prêtre qui, selon nous, fut victime de son zèle trop peu mesuré et surtout de la haine implacable de certains jansénistes, que ce zèle avait blessés.

Toutefois, pour mieux faire comprendre le récit qui va suivre, et dont la gravité n'échappera à personne, nous croyons devoir le faire remonter à l'origine même.

Quand les frères Senart vinrent se fixer au Plessier dans l'intérêt de leur commerce, ils apportèrent avec eux les erreurs jansénistes dont ils étaient imbus et dont ils faisaient ostensiblement profession.

Nous n'avons pas à faire ici l'histoire du jansénisme, ni à justifier sa condamnation. Mais, comme ce mot n'offrirait peut-être aucun sens à quelques lecteurs peu familiarisés avec les études théologiques, disons en résumé, et uniquement pour attacher une idée à cette qualification, « que le jansénisme est un système erroné touchant la grâce, le libre arbitre, le mérite des bonnes œuvres et le bienfait de la rédemption, renfermé dans un ouvrage de C. Jansénius, évêque d'Ypres, intitulé par son auteur l'*Augustinus,* comme si cet ouvrage reproduisait la doctrine de saint Augustin sur les différents chefs que nous venons d'énumérer. » L'*Augustinus* fut successivement condamné par les papes Urbain VIII, 1642, et Innocent X, 1653.

Le P. Quesnel, oratorien, ayant essayé de faire revivre la doctrine de Jansénius, particulièrement dans le livre intitulé : *Le Nouveau Testament, traduit en français avec des réflexions morales,* vit bientôt sa doctrine condamnée comme celle du maître. Jansénius, en effet, avait enseigné qu'on ne résiste jamais à la grâce intérieure; Quesnel, de son côté, enseignait « que la grâce de Dieu est l'opération de sa toute-puissance, à laquelle rien ne peut résister. » Il en concluait que, quand Dieu voulait sauver une âme, elle était infailliblement sauvée. Or, de là, il suit : 1° Que, quand une âme n'est pas sauvée, c'est que Dieu ne le veut pas, conséquence directement opposée au mot de saint Paul : « Dieu veut que tous les hommes soient sauvés. » I. Tim. 2-4;

2° De là, il suit également que si un homme pèche, c'est qu'il manque de grâce, autre erreur proscrite dans l'Écriture-Sainte et dans les ouvrages de saint Augustin.

La condamnation de cette doctrine fut fulminée en septembre 1713 dans la célèbre bulle *Unigenitus* du pape Clément XI.

Cette bulle, ainsi nommée du premier mot qui la commence, devint en France comme la pomme de discorde qui nous conduisit à deux doigts du schisme. On vit des évêques, des corps ecclésiastiques, des écoles de théologie appeler de la décision du pape au futur concile. Ce sont ceux qu'on désigna sous le nom d'*appelants.*

Rien ne fut négligé pour justifier la doctrine condamnée. Les faux miracles eux-mêmes furent employés pour lui donner je ne sais quelle apparence de sainteté.

C'est cette doctrine dangereuse et coupable que les frères Sénart avaient apportée avec eux en venant s'établir au Plessier.

Déjà, grâce à l'influence qu'ils exerçaient par leur fortune et par leur position, un noyau d'adeptes s'était formé sous leur direction.

La paroisse avait alors pour curé un prêtre aussi ardent que zélé. M⁰ Bouthors, voulant extirper le mal dès son origine, eut recours, d'accord avec son évêque, Mgr de la Motte, à une mission restée tristement célèbre dans la paroisse.

Le récit de cette mission est conservé à la bibliothèque communale d'Amiens. Il a pour auteur un bourgeois anonyme de cette ville, et pour titre : *Lettre d'un Bourgeois d'Amiens à un de ses amis de Paris, au sujet d'une mission faite au mois d'avril 1739, dans la paroisse du Plessier-Rozainvillers, par les prêtres de la Congrégation, vulgairement appelés Lazaristes.*

Ce bourgeois anonyme n'est, bien certainement pour nous, qu'un des frères Sénart, qui possédait une maison à Amiens.

D'ailleurs, les détails intimes et minutieux qu'il donne, l'esprit qui les dicte, tout vient corroborer le sentiment que nous émettons.

Ce récit semble plus fait pour justifier le jansénisme que contre la mission elle-même. L'auteur s'empare des fâcheux résultats d'une mission malheureuse à cause des excès qui s'y produisirent pour attaquer la bulle *Unigenitus* et ses partisans.

En effet, après une sortie aussi virulente que passionnée contre cette bulle, le bourgeois d'Amiens, comme pour prouver et justifier son dire, aborde le récit de la mission du Plessier.

Nous voyons dès lors que nous avons affaire à un janséniste ouvert et renforcé, qui tient surtout à faire le procès au pape et aux jésuites, « ses conseillers », comme il les appelle. On voit par là même avec quelles précautions et quelles réserves il faut accepter son récit.

Du reste, il ne nie pas l'existence de réunions jansénistes dans la paroisse du Plessier. Il cite même les endroits où ces réunions se faisaient et les noms des principaux adeptes ; seulement, il dépeint ces réunions sous des couleurs plus que favorables. « C'était, dit-il, un noyau de personnes pieuses de l'un et l'autre sexe, qui, *inspirées par Dieu,* travaillaient au salut de leur âme. »

« Ces personnes, qui avaient renoncé aux promenades, aux jeux et autres dissipations ordinaires, se réunissaient le dimanche et les jours de fêtes, après avoir assisté aux offices, messe et vêpres, tantôt chez l'un, tantôt chez l'autre pour y lire le *Nouveau Testament,* (sans doute celui de Quesnel) et l'abrégé de l'Ancien etc. »

La transparence du voile nous laisse facilement deviner et même entrevoir les réunions jansénistes. En douterions-nous d'ailleurs que ce doute serait bientôt levé par les paroles plus franches et plus nettes de Mgr de la Motte dans sa pétition au roi pour obtenir la grâce de M. Bouthors. « Un nommé Sénart, y est-il dit, vint s'établir dans la paroisse avec une manufacture de bas, à la faveur de laquelle il s'attacha une partie du peuple. Ledit Sénart, janséniste déclaré, répandait les livres, les images et les reliques du parti, et quelques-uns des paroissiens donnaient dans les convulsions. »

Ce récit de Mgr l'évêque d'Amiens est de tout point conforme à ce que nous a déclaré un membre de la famille Sénart, qui nous a avoué en même temps avoir brûlé « une masse de papiers et de livres » ayant trait à ces réunions.

« Cette conduite, reprend le bourgeois d'Amiens, scandalisa le curé », qu'il évite de nommer. Mais il désigne parmi les personnes assidues à ces réunions trois orphelines de père et de mère (!!!) âgées de vingt-

trois à vingt-quatre ans. C'étaient : Marie-Ursule Gervois, Marie-Madeleine Douchet et Jeanne Thoury. Ce
curé, ajoute-t-il, n'épargnait rien pour les décrier dans
l'esprit de ses paroissiens, voire même de leurs parents,
les appelant : « jansénistes, sectaires, hérétiques et
calvinistes. »

« Le curé, dit de son côté Mgr de la Motte, ne pouvant
souffrir la perte des âmes qui lui étaient confiées,
prêchait avec zèle contre le jansénisme et combattait
de toutes ses forces contre ceux qui l'insinuaient parmi
ses ouailles. »

Ce fut alors que, d'accord avec Mgr de la Motte,
qualifié par le bourgeois anonyme du titre gracieux
« d'ancien brigand de Senez », sans doute parce qu'il
avait accepté l'administration de ce diocèse pendant la
détention de son évêque janséniste, Soannen, M. Bouthors ouvrit une mission, le deuxième dimanche après
Pâques (12 avril 1739). La direction en fut confiée à
M. Farsu, aidé de MM. Rabinel et Quimelec, tous trois
lazaristes et non jésuites, comme le dit Voltaire.

Il faut l'avouer, cette mission, au lieu de concilier les
esprits, comme on l'aurait désiré, ne fit que les irriter
et les passionner davantage.

Faut-il attribuer ce résultat au zèle trop ardent des
missionnaires et du curé, ou à l'influence occulte et
toujours grandissante des jansénistes ? Peut-être à l'un
et à l'autre.

D'un côté, en effet, il nous semble bien difficile de
justifier certaines paroles attribuées par le bourgeois
d'Amiens au P. Quimelec dans ses catéchismes, par
exemple celles-ci : « Que les parents étaient obligés
d'envoyer leurs enfants à confesse, par douceur d'abord,
puis au besoin à coups de bâton et de manche à balay,
les traîner avec des cordes. »

Ces paroles et d'autres, dit l'auteur que nous citons,
auraient excité les esprits contre certaines personnes
qu'on croyait désignées. On les insultait, on les mon-
trait au doigt, on ne parlait même, selon lui, de rien

moins que de les chasser ou de les tuer. « Les diables,
il faut les chasser ou les tuer. »

Aussi, deux jeunes filles quittent bientôt la paroisse :
Jeanne Thoury, le 26 avril, et Madeleine Douchet, le
mercredi suivant.

Il ne restait plus que Marie-Ursule Gervois ; c'est elle
et son frère, Fuscien Gervois, imbu des mêmes erreurs
que sa sœur, qui deviendront la cause, au moins occa-
sionnelle, des graves désordres qui vont surgir.

Sachant que la fille Gervois retenait et lisait les livres
condamnés du jansénisme, M. le Curé lui refuse l'absolution, — « absolution, affirme aussi gratuitement que
méchamment le bourgeois janséniste, qui lui aurait été
accordée, si, au lieu d'avoir menée une vie de retraite,
elle avait fréquenté les danses. »

« Elle ne fut pas plus heureuse chez les curés voisins ;
elle ne trouva, dit-il, que des gens qui voulurent la
sevrer du lait des chrétiens et lui fermer la bouche de
Jésus-Christ. »

« Dans la paroisse, continue-t-il, on l'accablait d'in-
sultes, on refusait de lui vendre ce dont elle avait besoin ;
on refusait également de l'aider à tourner la manivelle
du puits communal, on parlait plutôt de la jeter dedans. »

Les choses en étaient à ce point que la plus petite
imprudence, d'un côté comme de l'autre, pouvait engendrer les conflits les plus regrettables.

C'est ce qui arriva malheureusement le 3 mai, cin-
quième dimanche après Pâques, et quatrième de la
mission.

Ce jour-là, ce fut le P. Rabinel qui prêcha à la messe.
Faisant allusion aux jansénistes et à leurs réunions
nocturnes, il s'écria, paraît-il : « Il y en a ici qui veulent
faire revivre l'ancienne discipline de l'Église... Où sont-
ils ces docteurs de nuit ? qu'ils se lèvent, qu'ils se
montrent. Ce sont de fieffées bêtes (!!!) des bêtes ache-
vées. »

A ces paroles, assurément indignes de la chaire, s'il
était prouvé qu'elles eussent été prononcées, M. Bou-

thors approuvait par des signes de sa place. Un scandaleux désordre se produisit alors dans l'église.

On croit que Marie Gervois est clairement désignée par les apostrophes du missionnaire. On se lève, on l'entoure, on vocifère contre elle. Plusieurs femmes même se précipitent contre la malheureuse, les unes veulent la traîner au prédicateur, les autres la chasser de l'église. Le frère, de son côté, veut secourir et protéger sa sœur. De là, une scène tumultueuse qu'on apaise à grand'peine par la continuation du saint sacrifice.

On devine facilement que ce calme était plus apparent que réel, et la plus petite étincelle pouvait rallumer ce feu mal éteint et engendrer une explosion dont les effets ne pouvaient être calculés.

Le mieux, ce semble, pour Marie Gervois et son frère, eut été de se tenir paisiblement chez eux le reste du jour et de ne point exciter par leur présence des passions inassouvies.

Cette conduite, dictée par les notions de la plus vulgaire prudence, ne fut malheureusement pas celle qu'ils suivirent. Soit pour obéir à une influence occulte, soit par une aveugle obstination, ou pour tout autre motif, le frère et la sœur Gervois se rendirent aux vêpres. Ce fut le P. Farsu, directeur de la mission, qui prit la parole à cet office. Le prédicateur se tint sans doute dans les sages limites que la prudence dictait, car l'auteur de la lettre anonyme ne cite aucun trait de son discours.

Mais, bientôt, pour remercier les missionnaires, M. Bouthors lui succède dans la chaire.

Il est sous les impressions de cette journée malheureuse, et, il faut le reconnaître, ses paroles sont l'écho de sentiments qu'il est impuissant à maîtriser. Sous prétexte de venger ses paroissiens, il attaque les jansénistes sans mesure ni retenue, et il met, sans le vouloir sans doute, le feu aux poudres. « Mes chers paroissiens, s'écrie-t-il, je me suis cru obligé de monter en

chaire pour faire une réparation publique à toute ma
paroisse, en présence des personnes des paroisses voi-
sines qui sont ici présentes, afin qu'elles ne pensent
pas que j'en veuille à toute ma paroisse. Je n'en veux
qu'à sept ou huit misérables qui ont voulu infecter
cette paroisse en enseignant une doctrine perverse.
Ce sont des misérables dont il faut se défaire. Oui, mes
chers paroissiens, je serais le premier à tremper mes
mains dans leur sang... (Nous verrons avec quel art
Mgr de la Motte excusera ces dernières paroles, bien
malheureuses et qui n'ont cependant jamais été niées.)
Secondez-moi, mes chers paroissiens, secondez-moi,
nous en viendrons à bout. »

En entendant ces paroles, Fuscien Gervois sortit de
l'église; sa sœur, moins bien inspirée, crut devoir rester jusqu'à la fin de l'office. Mais, à sa sortie, on se jeta
sur elle.

Quelques paroissiens compatissants, entre autres
Jérôme Thoury et François Cardon, ayant voulu la
protéger, furent maltraités à leur tour.

Bientôt, des pierres furent lancées contre cette malheureuse; elle fut jetée dans la mare qui avoisine
l'église et poursuivie jusque dans sa maison, dont les
portes furent enfoncées.

Le soir, on le comprendra sans peine, après de telles
émotions, la santé de cette personne offrit des inquié-
tudes; le médecin fut appelé et jugea prudent de prati-
quer une saignée.

Comme les esprits se calmaient difficilement et qu'on
pouvait craindre encore de nouveaux dangers, la fille
Gervois et son frère crurent prudent de quitter le pays,
ce qu'ils firent quelques jours plus tard. Ce qui n'empê-
cha pas qu'une plainte fut portée devant le Parlement
contre M. Bouthors et son sermon.

M. Joly de Fleury, le père, alors procureur général
du roi au parlement de Paris, se fit rendre compte de
cette plainte par son substitut de Montdidier. Une
enquête fut ouverte à ce sujet. On reçut le témoignage

de plusieurs curés présents au sermon ; on entendit aussi plusieurs paroissiens et tous attestèrent l'innocence du curé.

Instruit par son substitut, le procureur général laissa tomber la chose, sans doute, dit l'évêque d'Amiens, parce qu'il reconnut la fausseté de l'accusation, ou parce qu'il crut devoir la mépriser. Toujours est-il que M. Bouthors continua d'administrer sa paroisse pendant treize à quatorze ans encore depuis ce moment.

Ce ne fut qu'en 1752 qu'il fut de nouveau dénoncé au Parlement pour refus de sacrement à une femme janséniste, « qui, dit Mgr de la Motte, contrefaisait la malade. »

Disons, pour ceux qui pourraient l'ignorer, que l'évêque d'Amiens, dans la crainte que les violences exercées par le Parlement ne fissent perdre de vue à ses prêtres les vrais principes à suivre dans les conjonctures difficiles que traversait à cette époque l'Église de France, leur avait tracé des règles de conduite dans des *Avis publics* qu'il leur avait adressés le 19 décembre 1746, sous le titre : « Avis donnés par Mgr d'Amiens aux curés de son diocèse, au sujet de ceux qui, n'étant pas soumis à la bulle *Unigenitus,* demandent les sacrements. »

D'après ces avis, le curé appelé pour administrer les sacrements devait interroger avec prudence les personnes reconnues publiquement comme *opposantes* à la bulle, et refuser les sacrements, sans condescendance indigne, à celles qui ne l'accepteraient pas ou qui en appelleraient.

Tel n'était pas toutefois le sentiment du Parlement, qui, se déclarant compétent sur le refus, relevant cependant du domaine spirituel, affirmait chaque jour cette prétendue compétence par des actes de rigueur, tels que la prison, la confiscation des biens et l'exil.

Aussi, dans de semblables conditions, bien pénible et bien difficile, il faut l'avouer, était la position d'un curé appelé près d'un janséniste réfractaire pour lui administrer les sacrements. Il se trouvait entre deux écueils difficiles à éviter.

D'un côté, les *Avis de l'évêque ;* si, contrairement à ces avis, il administrait le malade réfractaire sans l'avoir interrogé et sans avoir obtenu sa rétractation, il encourait le blâme, la suspense et quelquefois l'interdit.

De l'autre côté, si, après avoir interrogé et n'avoir obtenu aucune rétractation, le curé refusait les sacrements, même malgré les sommations légales, arrivaient alors les décrets du Parlement : prise de corps, condamnation, emprisonnement, confiscation des biens et bannissement.

Qu'on ne s'étonne donc pas trop de voir les curés se diviser quelquefois dans la pratique en deux partis. Ceux qui, se formant la conscience au moyen de principes réflexes dont nous n'avons pas à apprécier la valeur, croyaient pouvoir user de cette condescendance que Mgr l'évêque appelle « indigne » et administrer les sacrements, et ceux qui, ayant pour principes « qu'il vaut mieux obéir à Dieu qu'aux hommes » s'en tenaient fermement aux avis de leur évêque et refusaient les sacrements.

M. Bouthors fut de ce dernier parti.

Les tristes scènes de la mission de 1739 paraissaient oubliées dans la paroisse, et plus de dix années s'étaient écoulées, pendant lesquelles M. Bouthors n'avait cessé d'édifier sa paroisse par son zèle et de l'administrer avec sagesse et prudence.

Il n'en était pas de même chez les jansénistes, comme nous allons le voir ; le vieux levain de la haine fermentait sourdement dans leur cœur et n'attendait que l'occasion et l'heure favorables pour soulever la paroisse et perdre le curé.

Ce fut à l'occasion d'un refus de sacrement que la discorde éclata de nouveau, et, cette fois, avec un plein succès pour les jansénistes.

Une des leurs, contrefaisant la malade, fit demander les sacrements à M. Bouthors. Conformément aux *Avis* de son évêque, le curé l'interrogea, et, n'obtenant pas la rétractation exigée, refusa finalement les sacrements. C'était ce que l'on attendait. Le piège avait été dressé avec une habileté infernale ; car, le caractère de M. Bouthors étant connu, il devait nécessairement s'y faire prendre.

On ne tarda pas à le dénoncer une seconde fois au Parlement ; afin d'aggraver cette nouvelle accusation, on fit revivre les anciens griefs de la mission.

Par suite de son refus des sacrements, le curé du Plessier fut décrété de « prise de corps ».

Pour lui, c'était la condamnation. La conduite du Parlement à l'égard des autres curés qui s'étaient trouvés dans le même cas ne laissait pas de doute possible à ce sujet. Il crut alors prudent, malgré son âge avancé, de sortir du royaume pour éviter la prison. C'était faire le jeu des jansénistes, qui, mettant à profit l'absence et l'éloignement du curé, dirent et témoignèrent contre lui tout ce qu'ils voulurent ; la lettre du bourgeois d'Amiens est là pour nous donner, sous ce rapport, la mesure de leur savoir-faire.

Ce fut sur de pareilles dépositions, sans avoir entendu la justification de l'accusé, que M. Bouthors fut condamné par le Parlement « au bannissement perpétuel avec confiscation de ses biens, comme un séditieux, un scélérat, capable des plus noirs forfaits. »

Cette sévère condamnation, que Voltaire trouve cependant bien douce, — car, selon lui, ce prêtre aurait pu être puni de mort, — excita l'indignation de tous les honnêtes gens, jugeant avec impartialité. Quoi qu'en dise l'historien philosophe, M. Bouthors n'était « ni un factieux sanguinaire, ni un perturbateur du repos public. » Nous ne voulons ni n'éprouvons le besoin de justifier la violence de quelques paroles au milieu de circonstances dont il faut tenir compte, et aussi arrachées au cœur sensible d'un pasteur trop vivement blessé dans son zèle pour le salut de ses ouailles par l'opiniâtre aveuglement de quelques partisans exaltés du jansénisme.

Il y a loin, sans doute, de ce mouvement trop peu mesuré, mais rapide et passager, à un état habituel et ordinaire qui, seul, aurait pu mériter des qualifications si sévères. Peut-être ne faudrait-il pas trop approfondir les paroles et les écrits de ses détracteurs pour y trouver matière à semblables accusations, et, pour ne citer qu'une ligne de la lettre du bourgeois d'Amiens, ne l'avons-nous pas entendu traiter Mgr de la Motte de « brigand », lui dont la grande bonté, l'inépuisable charité sont restées légendaires dans le diocèse ?

D'ailleurs, si M. Bouthors avait été un factieux et un prêtre sanguinaire, est-ce que son évêque lui aurait continué sa confiance et laissé ses pouvoirs, surtout après les regrettables scènes de la mission de 1739 ? Et si, par impossible, son évêque ne lui avait pas retiré ses pouvoirs, dont il aurait été indigne, est-ce qu'il aurait pu jouir encore d'une assez grande confiance auprès de ses paroissiens pour y opérer le bien ?

Il ne faut pas perdre de vue que ce n'est que douze ou quatorze ans après les malheureux et bien tristes désordres de la mission que M. Bouthors est décrété de prise de corps, pour refus de sacrement à une femme janséniste qui contrefaisait la malade, en d'autres termes, pour avoir été le fidèle observateur des *Avis* de son supérieur Mgr l'Évêque.

Du reste, la vie de ce prêtre, comme celle de tout fonctionnaire public, est écrite dans son administration. Nous avons eu la curiosité de la connaître à fond en parcourant un à un tous les actes qui la composent.

Les registres paroissiaux sont tenus dans un ordre que n'ont pas toujours eu quelques-uns de ses prédécesseurs et de ses successeurs. Partout, M. Bouthors s'est révélé à nous comme homme d'ordre et devoir. Sur près de 270 malades qu'il doit préparer à la mort dans le cours de 30 années de ministère, 250 s'endorment en paix avec eux-mêmes et réconciliés avec Dieu par la réception des sacrements ; sur les 20 qui meurent privés de cette grâce il faut tenir compte des morts subites et accidentelles. Or, nous le demandons, le prêtre ami de l'ordre, le pasteur de la paix dans les consciences pouvait-il être en même temps un factieux et un sanguinaire ?

D'ailleurs, si notre sentiment paraissait encore insuffisant pour justifier la mémoire de notre prédécesseur, nous avons l'éloge de son évêque dans une lettre adressée au roi pour obtenir sa grâce et solliciter son rappel, en même temps que pour solliciter la grâce et obtenir le rappel de plusieurs prêtres du diocèse, frappés comme lui par l'inexorable Parlement.

Citons en entier cette pièce élogieuse, digne à tant de titres d'être conservée dans les archives de la paroisse du Plessier.

SIRE,

« L'évêque d'Amiens, au nom de son diocèse et en particulier des paroisses privées, depuis près d'un an, de leurs pasteurs, supplie très humblement Votre Majesté de lui accorder le rappel de sept prêtres qui ont pris la fuite pour éviter les horreurs d'une injuste et peut-être trop longue prison. Ces dignes prêtres sont obligés d'emprunter la voix de leur prélat, n'osant se montrer eux-mêmes par la crainte des plus grandes violences de la part des magistrats séculiers. Il n'y en a qu'un d'entre eux dont la conduite puisse paraître répréhensible. Mais le Parlement l'a traité avec tant de rigueur et d'ignominie que tous les honnêtes gens sans partialité en ont été indignés, parce que sa faute, fût-elle aussi véritable qu'elle est supposée, ne mériterait pas, à beaucoup près, le châtiment dont elle est punie.

« Le suppliant prie très humblement Votre Majesté de vouloir bien donner quelqu'attention au récit du fait qui concerne ce curé. Le sieur Bouthors, dont il s'agit, âgé de soixante-six ans, en a passé plus de trente dans la paroisse du Plessier-Rozainvillers, avec la réputation

constante d'homme de bien et de pasteur exact à tous
ses devoirs. Malheureusement pour lui le nommé Sénart
vint s'établir dans sa paroisse avec une manufacture de
bas, à la faveur de laquelle il s'attacha une partie du
peuple. Comme ledit Sénart, janséniste déclaré, répandait les livres, les images et les reliques du parti et que
quelques-uns de ses paroissiens donnaient dans les
convulsions, le curé ne pouvant souffrir la perte des
âmes qui lui étaient confiées, prêchait avec zèle contre
le jansénisme et combattait de toute sa force contre
ceux qui l'insinuaient parmi ses ouailles. Ce fut l'an
1739 que, dans une mission, on accusa ledit curé d'avoir
dit en chaire qu'il tremperait volontiers ses mains dans
le sang de ceux de ce parti ; et l'on ajouta qu'en même
temps il avait excité le peuple contre eux. M. Joly de
Fleury, le père, votre procureur général au Parlement,
se fit rendre compte par son substitut de Montdidier de
cette plainte. Celui-ci reçut le témoignage de plusieurs
curés qui étaient présents au sermon, lesquels, pour la
plupart, vivent encore ; il reçut aussi ceux de quelques
paroissiens qui tous attestèrent l'innocence du curé.
Cependant le procureur général, instruit par son substitut, qui malheureusement ne vit plus, ne fit pas le
moindre mouvement, sans doute parce qu'il reconnut la
fausseté de l'accusation, ou parce qu'il crut devoir la
mépriser. Ce n'a été que quatorze ans après, pendant
lesquels le curé n'a cessé d'édifier sa paroisse, de l'ins-
truire et de la gouverner en paix, qu'on a fait revivre
la plainte ; et voici comment ce curé fut décrété de prise
de corps, à cause du refus qu'il avait fait de communier
une femme janséniste, qui contrefaisait la malade. La
crainte de la prison l'obligea, malgré sa vieillesse, de
sortir du royaume. Alors les jansénistes de sa paroisse,
profitant de son éloignement, dirent et témoignèrent
contre lui tout ce qu'ils voulurent ; et ç'a été sur de
pareilles dépositions que le Parlement l'a condamné à
être banni du royaume, à perpétuité, avec confiscation
de ses biens, comme aurait pu l'être un audacieux scé-

lérat, capable des plus noirs forfaits, lui qui n'a jamais fait de mal à personne et n'a jamais eu d'ennemis que ceux de Dieu et de l'Église. Ledit curé est dans l'impuissance de se justifier, ne pouvant s'empêcher de regarder le Parlement, depuis l'arrêt du 18 avril, que comme un tribunal suspect à tous les prêtres zélés pour la constitution *Unigenitus.*

« Mais enfin, sire, quand ce digne prêtre, désolé de voir sa paroisse empoisonnée par les erreurs des jansénistes, se serait laissé emporter à quelques expressions semblables à celles du prophète, qui disait dans l'excès de son zèle : « Je mettrais à mort, dès le matin, « tous les pécheurs de la terre, » quand, dis-je, le curé aurait parlé trop vivement, des paroles échappées en chaire il y a quatorze ans, auxquelles depuis ce temps-là personne ne pense plus, méritaient-elles qu'on confisquât son corps et ses biens ? Que Votre Majesté en soit le juge et non les magistrats prévenus et irrités. »

Que pourrions-nous ajouter à une justification si touchante et si éclatante de M. Bouthors par son évêque, et surtout quand cet évêque porte le nom de Mgr de la Motte ?

Toutefois, cette éloquente et paternelle plaidoirie n'obtint du monarque touché que des paroles d'espérance.

Aussi, M. Bouthors mourut-il loin de sa paroisse, non pas sur une terre étrangère, mais à Terramesnil, lieu de sa naissance, ainsi que nous l'avons dit plus haut.

Disons aussi, pour terminer ce chapitre, que le jansénisme a laissé dans la paroisse du Plessier des traces profondes de son passage, traces qui n'étaient pas encore effacées plus d'un siècle après les événements que nous venons de raconter.

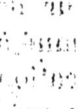

CHAPITRE VII

PÉRIODE RÉVOLUTIONNAIRE

Pendant cette période, hâtons-nous de le dire, nous n'aurons à faire le récit d'aucune rixe sanglante qui aurait jeté la terreur et l'effroi dans le pays, ni à flétrir aucune de ces dénonciations haineuses qui, dans d'autres localités, amenèrent sur l'échafaud soit le prêtre surpris dans l'exercice de ses fonctions, soit les honnêtes citoyens coupables de lui avoir donné asile. Les choses se passèrent presque en bonne intelligence parmi les paisibles habitants du Plessier. On trouve, en effet, plus de morgue que de méchanceté dans la conduite et dans les décisions des administrateurs de la commune à cette époque difficile. Non pas qu'ils n'aient à leur charge plus d'une détermination injuste, plus d'une mesure coupable, comme nous le verrons dans le cours de ce récit, mais les choses n'allèrent pas au delà.

En ce qui concerne la religion, la première mesure odieuse que la municipalité se trouva chargée de faire exécuter ce fut le serment du curé, serment de fidélité à un gouvernement déjà sanguinaire et que l'Église réprouvait.

Nous avons vu avec quelle docilité M. Vimeux prêta tous les serments pour obtenir la faveur de rester dans sa paroisse, où il put jouir d'une existence relativement

5

paisible, mais au prix de quels déboires et de quelles
humiliations ! Ce fut d'abord son presbytère qu'il vit
envahir et transformer en corps de garde et en prison
communale. C'est à grand'peine qu'on lui conserve un
cabinet, comme à un commis greffier de municipalité,
après l'avoir dépouillé de ses lettres de prêtrise, — ses
lettres de noblesse à lui.

En attendant qu'on profane son église et qu'on la
dépouille de ses ornements, il pourra encore y célébrer
la messe, mais entouré de combien de paroissiens et
lesquels ? Les habitants du Plessier s'étaient divisés en
deux partis : Les *Aristocrates* et les *Démocrates,* comme
ils s'appelaient entre eux. Les *Démocrates* se rangeaient
autour de leur curé assermenté et se rendaient à l'église
où il célébrait. Mais les *Aristocrates,* eux, ne se
croyaient pas autorisés à tant de condescendance ; ils
attendaient le passage ou la visite de quelque prêtre
non assermenté pour aller, sans bruit et presque en
secret, entendre la messe qu'il célébrait ordinairement
dans une maison inhabitée de la Hérelle, profitant aussi
de sa présence dans le pays pour ratifier leurs mariages
et recevoir les sacrements. Il n'était cependant pas rare,
me disait quelqu'un qui avait été témoin oculaire de ces
choses, qu'aristocrates et démocrates se rencontrassent
en allant aux offices, ou en en revenant, sans qu'ils
échangeassent pour cela des menaces ou des paroles
blessantes. Une seule fois, le 22 germinal an VII
(11 avril 1799), un sieur Morelle Étienne, cultivateur,
propriétaire de la maison qui servait au culte, reçut un
billet anonyme qui le sommait de fermer cette maison
et d'empêcher qu'il s'y fît aucune cérémonie religieuse,
sous peine de la voir incendier.

La municipalité, informée de cette menace, n'hésita
pas à faire son devoir. La menace anonyme fut flétrie
dans un rapport consigné dans les registres de la commune et les choses en restèrent là.

Si nous reprenons notre récit par ordre de date, nous
verrons que le 27 décembre 1792, an Ier de la Répu-

blique, commença la spoliation des biens de l'Église, devenus « propriété de la nation ». Sous la direction du maire, M. Foy, on essaie de constituer une société pour l'achat de ces biens. Elle devait se composer de tous les citoyens qui viendraient apposer leur signature ou leur marque sur le registre de la municipalité, au bas de la délibération. Nous avons compté en tout une vingtaine de signatures ou de marques.

Le dimanche 30, nouvelle délibération dans laquelle on stipule les conditions de cette société d'un nouveau genre. C'est naturellement la part du lion. Il y est dit, en effet, que tous les biens nationaux qui seront vendus sur les terroirs du Plessier et de Saint-Aubin devront être achetés au nom de la commune et ensuite partagés entre tous les citoyens de cette commune faisant partie de la société, par portion égale, à charge pour chacun de payer sa part proportionnelle d'acquisition et de frais, de plus une somme de 10 livres pour le citoyen non prenant, pour chaque journal. C'est-à-dire que le citoyen qui voudra céder sa part pourra faire l'abandon de ses droits, mais seulement à un autre citoyen faisant déjà partie de la société, et, outre les prix d'achat et autres frais ne pourra exiger plus de 10 livres par journal.

On ne devait pas s'arrêter en si bon chemin. Le 9 octobre 1793, pour obéir au décret de la Convention en date du 23 août, la municipalité passe compromis avec des ouvriers, moyennant la somme de 40 livres, pour descendre deux cloches du clocher, une seule devant suffire aux besoins de la commune. La plus grosse fut réservée et les deux autres, pesant ensemble 1,500 livres environ, furent descendues ; le citoyen Martin Bullot fut requis pour les transporter à Montdidier.

Le 5 frimaire, même année, sur un arrêté d'André Dumont, ordonnant de dépouiller les églises de tous les objets du culte, le maire, assisté de son conseil, fit dresser l'inventaire de tous les objets qui se trouvaient dans l'église.

Cet inventaire porte :

1° Quatre croix en cuivre, servant aux autels et pesant ensemble 24 liv. 1/2 ;

2° Six chandeliers en cuivre, servant aux autels et pesant ensemble 23 liv. 3/4 ;

3° Quatre petits chandeliers en cuivre, pour petits autels et pesant ensemble 10 liv. 3/4 ;

4° Un encensoir en cuivre, pesant 4 liv. 1/2 ;

5° Une lampe en cuivre argenté, pesant 3 liv. 3/4 ;

6° Un soleil en argent, pesant 2 liv. 6 onces et 2 gros ;

7° Un ciboire en argent pesant une livre ;

8° Un calice avec sa patène, le tout en argent, pesant 1 liv. 2 onces et 3 gros ;

9° Deux chandeliers en cuivre pour acolytes, pesant ensemble 5 liv. 1/2.

Le 22 ventôse, même année, à la requête du vérificateur de la régie nationale, demeurant à Moreuil, visant la loi du 24 août 1793, prononçant la suppression de toutes les rentes et intérêts dûs aux fabriques, le conseil municipal fait procéder à un inventaire complet des meubles, boiseries, etc. de l'église du Plessier. Nous ne reproduisons pas cet inventaire dans tous ses détails ; nous relèverons seulement quelques dénominations qui donnent la mesure de l'esprit de l'époque. C'est ainsi qu'on y trouve :

« Une chaire de mensonge » ;

« Un confessional, genne du peuple français » ;

« Deux Rituel menteur. »

Le 22 floréal suivant, le maire et sa municipalité se transportent à l'église, devenue « le temple de la Raison », pour y procéder à la vente des bancs et des boiseries. Mais les habitants du Plessier, qui ne déraisonnent point tous, s'opposent à cette vente, alléguant que, par achat fait antérieurement à la fabrique, ils étaient les propriétaires de ces bancs et de ces boiseries. Ce fut ainsi que furent conservés les bancs de l'église et les boiseries du sanctuaire. Mais on vit les chapes passer de la sacristie sur le dos de certains chevaux pour leur tenir lieu de couvertures. Ces couvertures bénites, pas plus que les biens d'église, ne paraissent avoir porté bonheur et prospérité à la famille que ces profanations n'effrayèrent point.

Si la religion fut dépouillée de ses pompes et privée de ses cérémonies, ce fut dans la pensée d'en faire bénéficier la République. Toutefois, quelle petitesse ! quel ridicule !! Il n'est pas facile de prendre la place d'une religion sainte et séculaire. Qu'on en juge. Le 30 ventôse an II (20 mars 1794), le maire du Plessier ordonne de battre la caisse pour convoquer la commune à la plantation d'un arbre de liberté. Mais le sieur Pierre Thory, commandant de la garde nationale, confisque la caisse au corps de garde, et, faute de peau d'âne, la cérémonie est remise à un autre jour.

L'arbre est planté. Toutefois, il ne s'en porte pas mieux ; il est privé de son écorce par le fait de quelque *Malveillant.* Il était cependant placé à la porte du temple de la Raison et comme sous sa garde. Le maire, assisté de la municipalité, se transporte sur les lieux avec une certaine solennité, et, après avoir constaté le délit, entre dans le temple de la Raison, où il procède à une enquête, interrogeant tous les citoyens les uns après les autres et finit par... ne pas découvrir le coupable, comme c'était à prévoir.

Le 25 messidor an II (13 juillet 1794), le comité du Plessier publia le décret de la Convention du 18 floréal, instituant les fêtes décadaires qui devaient se célébrer chaque année :

1° La fête du 14 juillet 1789 ;
2° La fête du 10 août 1792 ;
3° La fête du 21 janvier 1793 ;
4° La fête du 31 mai 1793.

La municipalité, considérant les actions de grâces qu'elle devait rendre à l'Être suprême pour les victoires obtenues par la République, arrête :

« Que, le 6 messidor, sera célébrée la fête du 14 juillet dans toute l'étendue de la commune. Les habitants sont invités à donner du bois, des ronces et des feuillages pour être brûlés sur la place publique et les cendres servir à la confection du salpêtre. » Il faut dire qu'une fabrique de salpêtre était établie au Plessier. En conséquence de cette fête, les citoyens et citoyennes étaient convoqués à deux heures, sur la place, et, de là, au temple de l'Éternel, pour fraterniser.

Il ne restait plus, ce semble, pour mettre le comble au ridicule et à l'odieux, qu'à faire monter la déesse Raison sur l'autel du temple. C'est ce qui eut lieu, au grand scandale de tous. Une femme sans honte et sans honneur, dont on cite encore le nom tout bas, vint s'asseoir sur le tabernacle. Il ne fallut rien moins que les quolibets d'un soldat de passage pour lui rappeler une pudeur qu'à défaut d'autre chose son sexe n'aurait pas dû lui laisser oublier, et la faire descendre, la rougeur au front, d'un trône que la vertu seule et la sainteté avaient le droit d'occuper. (Registre de la municipalité.)

Terminons ce chapitre par la pièce suivante, datée du 7 brumaire an III (28 octobre 1794), et signée Wiet, agent municipal :

« Citoyens, en exécution des ordres que j'ai reçus du citoyen Desachy, receveur des finances de la République, au bureau de l'enregistrement de Moreuil, je vous requiers, au nom de la loi et pour la dernière fois, de rendre les comptes de notre ci-devant église, et, sur le champ, de porter la somme de mille livres, provisoirement, au bureau du dit Desachy.

« Citoyens, votre patriotisme me fait espérer que vous n'apporterez aucun retard aux *intérêts les plus chers de la Patrie.* »

Le Conseil de Fabrique fut réorganisé le 12 germinal an XII (2 avril 1804).

CHAPITRE VIII

GUERRE DE 1870-71. — NOTES OFFICIELLES CONCERNANT

LA COMMUNE DU PLESSIER-ROZAINVILLERS

Le 25 novembre 1870 arrivaient dans la commune du Plessier-Rozainvillers, vers huit heures du soir, douze cuirassiers allemands, commandés par un lieutenant, envoyés en éclaireurs. Ils descendirent dans la maison du nommé Neute Pierre, à l'extrémité du pays, rue de la Barrière, faisant des rondes sur Moreuil.

Le même jour, d'autres éclaireurs, venus des pays voisins, avaient parcouru le pays, jetant par leur présence une grande consternation parmi les habitants. Vers trois heures de l'après-midi, quelques hussards demandaient la clef de la boîte aux lettres. Comme on ne pouvait la leur donner, le chef enfonça la porte du pommeau de son épée, prit une lettre sans importance qui se trouvait dans la boîte, et, après l'avoir examinée, la fit remettre à l'expéditeur. Le lendemain 26, la commune était occupée dans l'après-midi par le général Manteuffel, venant de Montdidier avec son état-major, quatre compagnies d'infanterie et de la cavalerie. Le général s'installait chez Mme Hanocq, place du Vieux-Château. Le dimanche 27, avant de se diriger vers Amiens, qui devait être l'objet d'une attaque ce jour-là, le général étant à cheval fit ses adieux à la maîtresse de la maison en ces termes, qui ne sont peut-être pas sans courtoisie à cause de la vérité qu'ils exprimaient : « Je vous félicite, Madame, de n'avoir eu qu'une nuit à me loger. » Quelques nuits, en effet, comme celle qu'il venait de passer et la maison eût ressemblé à un de ces champs d'Afrique, ravagé par une nuée de sauterelles.

Le 29 novembre arrivait au Plessier une colonne de munitions et y séjournait 2 jours.

Le 30, une compagnie du 43e régiment d'infanterie arrivait à son tour et ne séjournait qu'une nuit.

Un recensement, fait dans les premiers jours de décembre, constate que, du 25 novembre au 1er décembre, 1756 hommes et 756 chevaux ont logé une nuit au Plessier.

Le 3 février 1871, nouvelle occupation pour une nuit, par plusieurs compagnies d'infanterie, une batterie d'artillerie et des hussards de la garde, le tout formant un effectif de 755 hommes et de 253 chevaux.

Le 9 mars suivant, deux ambulances et de l'artillerie ont encore séjourné une nuit au Plessier. En tout, 207 hommes et 141 chevaux.

Le 25 du même mois, une batterie et demie d'artillerie, se composant de 181 hommes et de 171 chevaux, passe une nuit au Plessier.

Du 25 avril au 3 juin, 94 hommes et 30 officiers du 2e escadron du 8e régiment de cuirassiers blancs séjournent pendant 39 jours dans la commune.

Enfin les 6, 7 et 8 juin, la commune est occupée pour la dernière fois par une colonne de munitions comprenant 152 hommes et 176 chevaux.

Charges :

Les dommages subis par la commune du Plessier pendant la guerre de 1870-71 ont été établis pour deux périodes ; d'abord, pour celle qui a précédé le 3 mars 1871, puis pour celle qui l'a suivie jusqu'à la fin de l'occupation.

Première période :

Réquisitions en argent.	. . . . .	6,843 fr.
— en avoine (453hl 35)	. .	3,619
— en fourrage (747 bottes).		383
— en paille (1,090 bottes)	.	333
— en chevaux (10).	. . .	4,475
— en vaches (14)	. . . .	2,831
— en veau (1)	. . . . .	15
— en porc (1)	. . . . .	72
— en vin et eau-de-vie	. .	403
— en pain	. . . . .	114
— en volailles	. . . . .	72

Dépenses faites par les Prussiens dans les cafés et auberges, fusils brisés, transport de troupes . . . . . . 989.

Dépenses pour logement d'hommes. . . 899

— — de chevaux . . 105

— pour nourriture des hommes . 2,458

— — des chevaux . 1,715

Vols et réquisitions non justifiés par des bons, mais de notoriété publique. . . 455

Avance en contributions de guerre. . . 342

Réquisitions en vivres de l'armée française 57
_____
Total. . . . . 26,180 fr.

Sur cette somme de 26,180 francs, la commune a reçu le remboursement de la contribution de guerre . . . . 6,843 fr.

Un premier dédommagement de 4,323

Un second — de . . . 2,345

Elle a voté : 1° une imposition extraordinaire de 9,372

2° Pour payer les réquisitions constatées qui n'avaient point été soldées par les deux dédommagements obtenus et lais-
_____
A reporter. . . . . 22,883 fr.

Report. . . . . 22,883 fr.

sées à la charge des particuliers une
somme de 3,297
représentant une partie des frais de logement et de nourriture des hommes et
des chevaux.

SOMME ÉGALE. . . . . 26,080 fr.

Deuxième période :

Réquisitions en avoine (1,760 kil.). .	440 fr.
— en paille (90 bottes) . .	45
— en fourrage (40 bottes) .	32
— en vaches (2)	345
Dépenses des Prussiens dans une auberge	12 60

TOTAL. . . . . 874 fr. 60

qui ont été payées intégralement par l'État.

La commune avait, de plus, réclamé pour les habitants une somme de 4,447 francs pour logement de
troupes et nourriture des hommes et des chevaux, dont
les rations étaient insuffisantes, et n'a obtenu que
463 francs. Différence de 3,979 francs restés encore à
la charge des habitants.

CHAPITRE IX

COMMERCE ET INDUSTRIE

Vers 1722, un sieur Sénart, originaire de la Champagne, domicilié à Paris, où il faisait avec succès le commerce des laines filées pour la fabrication des bas au métier, envoya trois de ses fils dans le Santerre pour y faire filer la laine, fatigué de se servir pour cela de l'intermédiaire de commissionnaires à qui l'on donnait le nom de contre-maîtres. Ils choisirent le Plessier pour centre de leurs opérations, parce que ce village, à proximité de Moreuil, peu éloigné d'Amiens et de Montdidier, répondait mieux à leurs besoins.

Après avoir acheté à plusieurs reprises de M. de Cambray différentes parcelles de terre faisant partie de sa propriété seigneuriale du Plessier, ils firent l'acquisition, le 28 mars 1750, à messire Florimond de Cambray, chevalier, seigneur de la Neuville, Quiry-le-Vert, Plessier-Rozainvillers et autres lieux, et à dame Marie-Angélique de Gouffier, son épouse, de la propriété appelée vulgairement *la place du Vieux-Château*, d'une contenance de 433 verges de terrain.

Cette vente leur fut faite à titre de cens seigneurial et imprescriptible, moyennant la somme de 2,800 livres, et 40 sols de cens, payables chaque année, à la Saint-Remi.

Sur cette place, entourée de murs, ils firent bâtir une maison spacieuse et vaste, de belle apparence et de construction solide, appropriée aux différentes branches de leur négoce ; car, outre le peignage et le filage des laines, qui était leur premier et principal objet, et dont, chaque semaine, ils faisaient des envois considérables à Paris, ils firent aussi la fabrication des bas, particu-lièrement des bas dits *d'estame*.

Les teintures et les apprêts nécessaires pour leur fabrication se faisaient aussi dans leur établissement ; de sorte que ces industriels employaient plus de *cinq mille* ouvriers, tant au Plessier qu'aux environs.

Leur établissement prospéra de plus en plus avec les années et faisait un grand bien aux habitants de la campagne.

Cependant « les habitants du lieu, dit Scellier, dont une partie voulait se mêler du même négoce, tentèrent, par envie, de faire mettre ces messieurs à la taille comme habitants de la paroisse, puisqu'ils y avaient fait bâtir une maison et qu'ils avaient acheté des fonds de terre considérables. (En 1782, ils possédaient déjà 48 journaux 36 verges de terre, estimés alors 27,214 livres 10 deniers.) Rien ne paraissait plus juste que la préten-tion des habitants. Mais les Sénart, qui savaient faire la dépense à propos pour gagner la protection des gens en place et de qui dépendait la décision, en furent exempts, se fondant sur le grand avantage qu'ils produisaient et sur ce qu'ils se disaient toujours bourgeois de Paris et qu'ils y allaient tous les ans, comme ils y vont encore (1756) faire leurs Pâques. »

« Quoi qu'il en soit, ajoute le chroniqueur que nous citons toujours, c'est une maison des mieux rangées, entendue, laborieuse, où la piété, la religion et le bon ordre s'étendent jusqu'au moindre domestique ; où les ouvriers, qui sont en grand nombre, sont attentifs et attachés à leurs devoirs, d'où partent tous les jours d'abondantes aumônes en argent, en vin, et en potages pour les pauvres et les malades de la paroisse. »

En effet, trois actes de société entre les frères Sénart que nous avons sous les yeux portent chacun la convention suivante :

« Art. 22. Il sera donné par la Société, par chaque année, aux pauvres, la somme de cinq cents livres, qui sera passée à profits et pertes. »

L'année 1792 fut funeste à la prospérité de cet établissement. Dans la nuit du 21 au 22 mars, un incendie terrible anéantit en quelque sorte cette puissante maison de commerce. Le procès-verbal de ce sinistre fut dressé par les soins de la municipalité et conservé aux archives de la commune.

Le feu ayant pris par accident dans la chambre d'un sieur du Coudret, qui habitait la maison, s'étendit en un clin d'œil à tous les autres bâtiments.

En vain, les habitants du pays, guidés par les autorités locales, se portèrent sans retard sur le lieu du sinistre pour sauver un établissement qui leur était précieux à tant de titres ; en vain, les pays voisins envoyèrent leur contingent de force et de dévouement, la ruine fut presque complète et l'incendie, qui avait commencé le 21 à onze heures du soir, ne fut éteint que le lendemain 22, à onze heures du matin, après avoir brûlé pendant douze heures.

Voici l'état des pertes établi par les experts :

1° Un magasin de laines brutes de Hollande, etc.	300,400 liv.
2° Laines peignées	18,000
3° Laines filées	110,000
4° Bas fabriqués.	90,000
5° Meubles meublants.	45,000
6° Papiers, monnaie, assignats	15,000
7° Bâtiments	137,599
TOTAL.	715,999 liv.

C'était pour l'époque une perte d'autant plus grande qu'aucune assurance ne la garantissait.

Dans tout autre temps, cette maison se serait relevée de ses ruines. C'est ce qu'essayèrent de faire d'ailleurs les frères Sénart. Mais les années difficiles se succédaient en France et en Europe, et des faillites nombreuses et considérables vinrent encore aggraver une position déjà si fortement ébranlée. Ajoutons que le commerce, comme la société, subissait une crise de transformation que la maison Sénart ne voulut pas accepter. Tandis que d'autres maisons de commerce, se plaçant au point de vue du bon marché, faisaient fabriquer des bas à trois et même à deux fils, la maison Sénart, se plaçant au point de vue de la solidité, prétendait conserver l'ancienne méthode de fabrication et n'écoula que très difficilement ses produits. Aussi les frères Sénart furent-ils forcés de liquider, laissant inachevée une maison spacieuse qu'ils avaient élevée sur les ruines de l'ancienne, occupant avec leurs descendants une habitation plus que modeste en paillis et sans étage.

Cependant, de même que, chaque jour, nous voyons la vie surgir de la mort, de même de ces vastes ruines sortit la vie commerciale du Plessier-Rozainvillers. L'ouvrier intelligent et sans travail se demanda naturellement s'il ne pourrait pas utiliser à son profit les connaissances qu'il avait acquises au service de ses maîtres. Pour un homme d'initiative, s'être posé cette question c'était en quelque sorte l'avoir résolue.

On vit bientôt, en effet, les contre-maîtres et les principaux ouvriers rivaliser de zèle pour utiliser leurs aptitudes et leurs connaissances. Ceux qui étaient employés à la teinture utilisèrent à leurs frais cette branche de l'industrie. Tous, on le devine facilement, n'eurent pas le même succès, car le commerce, outre les aptitudes particulières qu'il exige, est encore soumis à une foule de vicissitudes que les plus clairvoyants ne sauraient toujours prévoir, et à des difficultés que les volontés les plus fortes et les plus tenaces ne sauraient toujours vaincre.

Toutefois, plusieurs maisons obtinrent un véritable succès dans les différentes branches du commerce et de l'industrie qui avaient élevé si haut la fortune et le nom de la maison Sénart.

Une autre industrie est venue depuis s'adjoindre à ce tronc déjà si prospère, c'est la fabrication des chaussures clouées.

La culture offre aussi, de son côté, son contingent de travail et de rémunération à l'ouvrier courageux, et ces différentes sources entretiennent, sinon l'abondance, du moins une honnête aisance au sein des familles d'ordre et d'une prudente économie.

CHAPITRE X

BIOGRAPHIE

Sous ce titre, je n'ai pas à conserver la mémoire de faits éclatants, qui suffisent souvent pour faire de l'homme un héros aux yeux de son semblable et rendre son nom immortel. Ces faits sont plus humbles, mais aussi plus à la portée de tous. Le bien le plus solide n'est pas toujours celui qui s'accomplit avec le plus d'éclat et décourage le commun des hommes. Plus réelles et non moins solides sont souvent ces vertus modestes accomplies dans l'ombre avec une persévérance et une fidélité qui ne se démentent jamais et que chacun peut imiter, parce qu'elles ne dépassent pas les forces ordinaires. C'est à ce point de vue que j'ai cru devoir relater les notes biographiques suivantes.

FIRMIN HEIGNY

Il existe une *Notice historique sur le Fr. Firmin Heigny, de la Compagnie de Jésus*, par le P. Guidée, de la même Compagnie, imprimée à Paris, en 1860, chez Charles Douniol. Or, la famille Heigny est honorablement connue au Plessier-Rozainvillers, où naquit Firmin, le 7 mars 1793. Son père, Honoré Heigny, et sa mère, Marie-Jeanne Morel, peu favorisés des biens de la fortune, se distinguaient par leur fidélité à remplir tous les devoirs de la vie chrétienne. Aussi, on peut dire de cet enfant, écrit l'auteur de la notice, comme de plusieurs saints, qu'il fut, dès sa jeunesse, prévenu des bénédictions de la grâce. N'étant en effet âgé que de 16 ans, il quitta sa famille et le monde pour se consacrer à Dieu en qualité de frère coadjuteur au collège de Montdidier, sous la direction du P. Sellier. Par sa charité, sa douceur, l'aménité de son caractère, il sut se faire aimer et estimer de tous.

Après trois ans et demi de séjour à Montdidier, il fut envoyé au séminaire de Soissons pour y remplir les mêmes offices. Ce fut là que vint le chercher la loi du recrutement pour le service militaire.

Une vie si différente de celle qu'il avait menée jusqu'alors n'apporta aucune modification dans sa conduite ni dans ses habitudes religieuses. Toujours prêt à rendre service à ses camarades, il s'offrit, dans ses moments libres, à monter la garde à leur place. Tandis qu'il était en faction, on le voyait, le fusil au bras droit et le chapelet à la main gauche, réciter pieusement cette dévote prière. Ses chefs eux-mêmes le voyant s'acquitter si parfaitement de son service, loin de mettre obstacle à l'accomplissement de ses devoirs de piété, lui permirent d'assister tous les matins à la messe. Au sortir de l'église, il ne manquait jamais d'aller se présenter à l'exercice et de prendre rang avec les autres. Jamais, attestait l'un de ses camarades de régiment, on n'eut à lui adresser le moindre reproche.

Après qu'il eut terminé son service militaire, il apprit que la compagnie de Jésus était rétablie; il sollicita son admission et fut reçu à Saint-Acheul, le 14 novembre 1814.

Depuis cette époque jusqu'au moment de sa mort, le Fr. Firmin habita à peu près sans interruption la maison de Saint-Acheul, chargé successivement des emplois de

6

réfectorier, de lampadaire, de sacristain et de portier. Sa maturité, sa prudence, son esprit d'ordre et d'économie l'avaient aussi fait choisir pour surveiller les nombreux domestiques employés dans la maison, et il serait difficile de dire à quel point il s'était attiré l'affection, la confiance et le respect de ses subordonnés.

Quant à ses autres emplois, Firmin s'en acquitta toujours de manière à satisfaire pleinement ses supérieurs et les étrangers. Ce témoignage lui a été rendu par tous ceux qui ont vécu avec lui ou qui l'ont connu.

Pendant les quarante-cinq années qu'il passa à Saint-Acheul, le Fr. Firmin se perfectionna chaque jour dans la vertu. Le caractère propre de cette vertu fut un grand calme et une entière possession de lui-même. On a conservé le souvenir de quelques traits frappants de ce calme que les événements les plus imprévus n'étaient pas capables de troubler. Un commencement d'incendie s'était déclaré dans une partie des bâtiments de Saint-Acheul. Le Fr. Firmin en fut averti. C'était un jour de fête, et on chantait alors le salut solennel du Saint-Sacrement, auquel présidait le supérieur de la maison. Firmin, sans rien perdre de son sang-froid ordinaire, s'avance gravement vers l'autel. Après avoir fait respectueusement la génuflexion, il se contente de dire au supérieur, à voix basse : « Mon révérend Père, le feu est à la maison. » Et il se retire.

Les souffrances du Sauveur étaient le sujet ordinaire de ses pensées et de ses affections. Il ne séparait pas les douleurs de la Mère de celles du Fils. On sait avec quel zèle il s'employa à établir dans l'église de Saint-Acheul et puis à propager partout, selon son pouvoir, la dévotion à Notre-Dame-des-Sept-Douleurs. Il serait trop long de redire ici avec détails comment la Providence fit tomber entre les mains du Fr. Firmin la statue de Notre-Dame-des-Sept-Douleurs honorée aujourd'hui dans l'église de Saint-Acheul, où elle est devenue, grâce à l'initiative du vertueux frère, le but d'un pèlerinage toujours suivi et fréquenté, particulièrement le jour de la fête de la Compassion, dans le mois de mars, et le troisième dimanche de septembre, fête de Notre-Dame-des-Sept-Douleurs.

Le Fr. Firmin tomba malade le 29 juillet 1859 et mourut le 21 août. Son corps fut exposé dans le parloir, où il fut visité tout le jour par un grand nombre de personnes qui venaient prier et faire toucher des objets de piété à sa dépouille mortelle. « Car, dit son biographe, on peut dire sans hésiter que le Fr. Firmin Heigny est mort en odeur de sainteté. »

Une belle-sœur du Fr. Firmin Heigny, Catherine Heigny, célébrait avec pompe, au Plessier-Rozainvillers, le 23 juillet 1888, le centième anniversaire de sa naissance. Les journaux du département ont redit les solennités de cette fête touchante. Malgré les apparences de bonne santé de la centenaire, le deuil devait suivre de bien près les émotions de ce joyeux événement. Mᵐᵉ Heigny s'éteignit doucement et pieusement vingt-trois jours après sa centième année accomplie. A la gracieuse sollicitation de Mgr de Ragnau, chapelain de la chapelle de Notre-Dame-de-Laurette du château de Moreuil, notre Saint-Père le Pape Léon XIII daigna accorder très affectueusement, *peramanter,* dit le texte, sa bénédiction apostolique à la vénérable mourante.

BRUNO MOREL

René-Bruno Morel naquit au Plessier-Rozainvillers le 5 octobre 1810.

Ses parents étaient d'honorables cultivateurs, profondément attachés à leurs devoirs religieux. A cette école de respect et d'amour pour notre sainte religion, le jeune Morel éprouva et manifesta de bonne heure des dispositions pour l'état ecclésiastique.

Placé au petit séminaire de Saint-Acheul, plus tard à Saint-Riquier et au Grand-Séminaire, il se fit remarquer par ses progrès dans les études profanes et sacrées ; il s'attira, sans les rechercher, l'estime de ses maîtres et l'affection de ses condisciples.

Ordonné prêtre en 1844, il fut successivement professeur au petit séminaire de Saint-Riquier, vicaire à Démuin près de son oncle, l'abbé Blanchard, puis à Doullens ; ensuite curé, pendant neuf ans, de l'importante paroisse de Beauval, où son souvenir est resté populaire, et curé-doyen d'Oisemont pendant huit ans ; ce fut là que la confiance de Mgr Boudinet, nommé évêque d'Amiens, vint le chercher en 1856, pour en faire son vicaire général et l'archidiacre d'Amiens.

Dès lors, pendant vingt-huit ans, il concourut à l'administration diocésaine, méritant successivement la confiance de Mgr Bataille, de Mgr Guilbert et de Mgr Jacquenet.

Sous l'administration de Mgr Boudinet, le pouvoir civil, pour le récompenser de ses services, le nomma chevalier de la Légion d'honneur.

Dans ses fonctions, M. Morel mérita et acquit la confiance et l'estime, le respect et l'affection du clergé auquel son dévouement rendit de réels services.

Il s'éteignit à l'évêché le 7 mars 1885, dans sa soixante-quinzième année.

Ses obsèques, célébrées le mercredi 11 mars, furent un éclatant témoignage rendu à ses mérites. Aussi Mgr Jacquenet, dans une lettre-circulaire au clergé de son diocèse, a pu dire de lui cette belle parole : « Vivant de la foi, comme le juste selon saint Paul, il était bon, obligeant, charitable envers tous. »

Mlle CLÉMENTINE SÉNART

Les lecteurs du Plessier m'en voudraient certainement si j'oubliais ce nom qu'ils vénèrent, et si je ne consacrais au moins quelques lignes à la mémoire de celle dont, longtemps encore, on se redira les vertus, toute une vie de sacrifices cachés, de dévouement pour les pauvres, de bonté et de douceur pour tous.

Mlle Clémentine était un des derniers rejetons de la famille Sénart. Elle avait encore une sœur, plus jeune qu'elle, Eugénie Sénart, qui épousa M. Hanocq, fils d'un ancien président de chambre à Amiens, et qui mourut quelques années après elle.

Elles avaient été élevées toutes deux par les religieuses du Sacré-Cœur d'Amiens, près desquelles elles avaient puisé une grande distinction de manières, une forte éducation et une solide piété.

Mlle Clémentine surtout, demeurée libre, en dehors des liens du mariage, put donner carrière à ses inclinations charitables. Peu favorisée des dons de la fortune, ses libéralités pour les pauvres et les malheureux étaient presque un mystère pour ceux qui en étaient les témoins. On pouvait la voir, le soir, quand le jour n'offrait plus qu'une lumière discrète, se diriger vers la demeure du pauvre, ou celle de l'ouvrier malade, accompagnée de sa domestique portant le cabas aux provisions. Sa présence faisait toujours du bien, tant sa parole était bonne ; jamais un mot que la charité la plus exigeante aurait désapprouvé, laissant toujours après elle quelques douceurs qui prolongeaient le bonheur de cette visite et en faisaient désirer une autre.

Le mystère de toutes ces libéralités, avec des ressources si exiguës, nous l'avons connu, et aujourd'hui nous pouvons le dévoiler, sans crainte d'être indiscret. Ce mystère, ce secret, c'étaient les privations de toutes sortes qu'elle savait s'imposer. Que de fois elle sut se contenter d'un pain bis pour donner aux pauvres un pain blanc plus abondant !

Une année surtout, le blé avait atteint un prix qui avait porté la gêne dans des familles qui auraient rougi de la laisser paraître. Une, entre autres, au Plessier, était en quelque sorte condamnée à un jeûne forcé et rigoureux. Mlle Sénart le sut. Elle entra en relations avec cette famille, parla de son industrie pour fabriquer un pain économique et délicieux, disait-elle ; il fallut bien accepter ce pain, ne fut-ce que pour louer le savoir-faire de cette boulangère improvisée. On était sauvé de la faim, et Mlle Sénart vivait en son particulier avec du pain d'orge ou de pamelle, rendu délicieux par sa bonne action.

Un jour, le maire du Plessier, qui savait reconnaître et apprécier le dévouement, me disait, en parlant de Mlle Sénart : « Si nous n'étions retenus par la crainte de blesser sa modestie, nous la proposerions pour le prix Montyon, beaucoup le reçoivent qui ne le méritent pas plus qu'elle ». M. le Maire avait raison ; l'humilité de Mlle Sénart était à la hauteur de sa charité, aussi l'appelait-on dans l'intimité : *la sainte du Plessier.*

En prévision de sa mort, elle voulut perpétuer avec son modeste patrimoine les traditions de sa vie. On peut dire que de ses biens elle fit trois parts : une pour la gloire de Dieu par un don libéral à la fabrique chargée de faire prier pour le repos de son âme ; une pour les pauvres par un don généreux au bureau de bienfaisance, et la troisième, composée du surplus, offerte à la parenté et à l'amitié reconnaissante.

Cette mort arriva le dimanche de la fête du pays, après l'office du soir, au moment où les divertissements allaient commencer. Mais quand la triste nouvelle : « Mlle Sénart vient de mourir ! » se répandit dans la localité, il ne fut plus question de réjouissances publiques. La fête, cette année-là, se passa en famille. Le mardi, toute la paroisse voulut assister à ses funérailles, présidées par M. Morel, vicaire général de Mgr l'Évêque. Dans une allocution simple et émue, M. Morel rappela les vertus de celle que tous pleuraient et regrettaient.

CHAPITRE XI

COUTUMES LOCALES ANCIENNES

Le Plessier-Rozainvillers, comme bien d'autres pays de notre Picardie, avait ses coutumes locales que le changement opéré dans les mœurs ou les progrès de la civilisation et d'autres circonstances encore ont modifiées et quelquefois complètement abolies. Peut-être même que, pour plusieurs, le souvenir n'en est pas arrivé jusqu'à nous.

Je ne crois donc pas tout à fait inutile de rappeler ici celles dont j'ai pu recueillir le souvenir, ou dont j'ai encore été le témoin, malgré leur tendance à s'affaiblir et à s'effacer.

I. — COUTUMES FUNÈBRES

Un jour, faisant un enterrement, je fus mis sur la trace d'une ancienne coutume presque complètement oubliée. Pour satisfaire ma curiosité mise en éveil, j'eus recours à la mémoire un peu affaiblie d'une octogénaire.

En bénissant la fosse qui allait se refermer, mon attention fut attirée par un petit vase en terre cuite, assez bien conservé et mêlé, presque confondu, avec les ossements qui avaient été exhumés pour les besoins de la nouvelle sépulture.

Je fis mettre ce vase de côté pour l'emporter après la cérémonie funèbre afin de chercher à me rendre compte de sa présence dans cette sépulture.

Ce vase, de forme évasée, en terre grossière, non vernissée, pouvait avoir dans le haut de 15 à 20 centimètres de circonférence et 8 à 10 centimètres de profondeur, mais mon attention fut bientôt fixée sur le fond du vase, où adhérait un résidu noirâtre, semblable à des cendres. Il avait donc servi à quelque crémation ; ces cendres noires, en assez grande quantité, et adhérantes au vase ne laissaient point de doute sur ce point.

En interrogeant les fossoyeurs, j'appris bientôt que ce vase se trouvait dans le cercueil, déjà ancien, qu'ils avaient mis à découvert, que ce n'était pas d'ailleurs le premier et le seul qu'ils eussent rencontré. En effet, je sus que deux autres vases, recueillis à peu près de la même manière, quoique d'une forme différente, étaient entre les mains de mes paroissiens et que l'un de ces vases portait aussi des traces visibles de crémation.

J'interrogeai mon vieux suisse, qui me dit avoir entendu raconter qu'autrefois, à la mort des époux, on plaçait avec le corps quelques pièces de monnaie dans un vase, que ces pièces de monnaie étaient même ordinairement celles que l'époux donnait à son épouse le jour de leurs noces.

Cette coutume de placer quelques pièces de monnaie avec le corps du défunt ne me surprit pas. J'y vis, en effet, la réminiscence d'une coutume ancienne, païenne il est vrai, mais longtemps pratiquée.

Toutefois, j'étais loin d'être satisfait ; je n'avais là aucune explication qui fût de nature à me renseigner sur la présence des cendres que j'avais remarquées au fond du vase ; ces cendres me disaient qu'il devait y avoir eu autrefois une coutume que l'on ne connaissait pas, peut-être parce qu'elle était trop ancienne.

Je fis questionner sur ce sujet une vieille femme qui avait près de quatre-vingt-dix ans. Elle me fit répondre qu'autrefois elle se souvenait qu'on brûlait dans un vase près des cadavres quelque chose qui sentait bon, « comme des pois de senteur », dit-elle.

Cette fois, je me crus sur la vraie voie. On brûlait des parfums près des corps morts. Peut-être pour corriger l'odeur cadavérique, mais alors, pourquoi ensevelir le vase enfermé dans le cercueil ?

N'était-ce pas plutôt une pieuse et chrétienne réminiscence de ce que firent les disciples de notre divin Sauveur lorsqu'ils ensevelirent son corps avec des parfums et des aromates ? (Saint-Jean. Chap. xix. 40.) Pieuse coutume qui nous indiquerait le respect que nous devons avoir pour nos corps, même après la mort, parce qu'ils ont été pendant leur vie les temples de l'Esprit-Saint. Coutume de beaucoup préférable à celle qui suit, moins ancienne, mais également disparue.

Lorsqu'un décès arrivait dans une famille, tous les parents du défunt qui habitaient la maison où le décès avait eu lieu allaient à l'enterrement avec les chaussures qu'ils portaient au moment du décès, se gardant bien de les approprier, comme pour marquer qu'à partir de ce moment ils avaient été si complètement absorbés par leur douleur et leurs regrets qu'ils n'avaient même pas songé à ce soin de propreté.

Les autres parents et amis du défunt avaient bien garde, pour assister au service funèbre, de choisir leurs vêtements les plus propres. Il fallait pour cette cérémonie une tenue en quelque sorte négligée, sous peine de se faire remarquer et d'être montré au doigt.

Aujourd'hui, c'est tout l'opposé qui existe. On a compris que la propreté et le soin de la tenue ne sauraient nuire au deuil du cœur, et que la mémoire du défunt se trouve plus honorée par une mise décente et irréprochable, que par une tenue négligée et des chaussures malpropres.

II. — COUTUMES CONCERNANT LES MARIAGES

Les mariages, comme les décès, étaient soumis à certaines coutumes locales. En voici une qui existe encore.

Lorsqu'un jeune homme étranger recherche en mariage une demoiselle du pays, dès les premières visites, les jeunes gens de la localité vont lui faire payer ce qu'ils appellent « la boue des rues », sorte de dîme qui, une fois prélevée, lui permet en quelque façon l'entrée du pays, d'y circuler librement ; ce qui ne l'exempte pas, si le mariage arrive à bonne fin, de payer encore le tribut que la jeunesse a l'habitude de prélever en pareilles circonstances.

Cette dénomination : « Payer la boue des rues » vient peut-être de ce qu'autrefois il n'était guère possible d'entrer dans le Plessier sans récolter de la boue en plus ou moins grande quantité. Cette boue, paraît-il, était tellement épaisse et abondante dans certains quartiers que beaucoup se servaient d'échasses pour circuler. Sous ce rapport, le Plessier jouissait en quelque sorte d'une réputation proverbiale ; pour exprimer qu'il y avait beaucoup de boue, on disait : « De la boue comme au Plessier. »

Aujourd'hui, grâce aux soins d'une administration intelligente, les choses sont bien améliorées. Les rues sont propres, aussi la jeunesse ne réclame plus « la boue des rues », mais ce qu'elle appelle « son Droit ». Ne faut-il pas que jeunesse s'amuse ?

III. — COUTUME DU VENDREDI-SAINT

Il existait encore il n'y a que quelques années, le jour du Vendredi-Saint, une bizarre coutume, presque choquante sous ses apparences grossières. Elle existait également dans plusieurs autres localités du Santerre.

Voici ce qui se passait. La veille du Vendredi-Saint, au soir, les enfants de chœur avaient grand soin d'aller chercher dans le jardin d'un équarrisseur, qui s'appelait peut-être Jacob, les restes d'une carcasse d'animal. Ils la préparaient aux abords de l'église avec une corde pour la traîner. Le lendemain, de très grand matin, tous les enfants de chœur devaient se trouver réunis devant le portail de l'église. Au dernier arrivé incombait l'ingrate mission de s'emparer de la corde et de traîner la carcasse dans toutes les rues du pays. Ses camarades le suivaient en chantant sur un rythme particulier :

Carcasse elle est morte, dans le courtil Jacob ;
Carcasse elle est morte, mais elle revivra encore !

Malgré la pensée consolante de la résurrection des corps que quelques-uns ont pu voir dans cette coutume, au moins singulière, on comprend aisément que, par la force des choses, elle devait disparaître de nos jours.

IV. — COUTUME DU MARDI-GRAS

Lorsque le carême était encore observé dans sa rigueur primitive, c'est-à-dire quand on s'abstenait de tout aliment gras depuis le jour des cendres jusqu'au jour de Pâques, le Mardi-Gras était célébré dans toutes les familles un peu aisées avec un luxe de viandes que nous ne connaissons plus et qui n'a plus d'ailleurs sa raison d'être.

Ce jour-là, vers minuit, quand commençait la grande loi de l'abstinence, les pauvres, que l'Église a toujours autorisés à vivre des restes de la table du riche, parcouraient les rues, allaient frapper aux portes ou aux fenêtres des principales maisons en chantant :

Au Guinel et au Guinon,
Récurez tous vos caudrons.
Au Guinel et au Guinon,
Ramassez tous vos roguions.

Voici ce que dit l'abbé Corblet, dans son *Glossaire picard,* à l'article GUINEL, p. 434 :

« Les pauvres vont les deux premiers jours du carnaval crier aux portes : Guinel. On leur distribue alors quelques débris du dernier repas ». — Voyez, ajoute-t-il, au gui l'an neuf. Or, voici ce qu'il dit à cet article :

« Au gui l'an neuf ! C'est par ce cri que les enfants annoncent le nouvel an et demandent leurs étrennes... Cet usage rappelle la coutume des bardes qui, après avoir reçu le gui sacré, coupé par les druides, le distribuaient dans les villes en annonçant par ce chant l'ouverture de l'année. »

FIN

TABLE DES MATIÈRES

Abbeville, Imprimerie du *Cabinet historique de l'Artois et de la Picardie.*

33

LE CABINET HISTORIQUE

DE

L'ARTOIS & DE LA PICARDIE

~~~~~~~

REVUE MENSUELLE D'HISTOIRE & D'ARCHÉOLOGIE

~~~~~~~

ALCIUS LEDIEU, DIRECTEUR GÉRANT

78, rue aux Pareurs, à Abbeville

ABONNEMENT : 10 FRANCS PAR AN